D1727619

AKROPOLIS

Angela Rehbinder

Das Märchenbuch
über die Liebe

Akropolis

CIP Titelaufnahme der Deutschen Bibliothek
Angela Rehbinder
DAS MÄRCHENBUCH ÜBER DIE LIEBE
München: Akropolis Verlag 1995

© 1995 Akropolis Verlag Vanadis Schäfer, München
Lektorat: Dr. Karl Friedrich Schäfer
Umschlaggestaltung: Manfred Kirschner
Druck: Eurograf, Bologna (I)
ISBN 3-929528-27-4

Inhalt

Pinella, die Hexe

Es lebte einmal eine Hexe. Sie hatte Arbeit in einem Bäckerei-
geschäft und stand von morgens bis abends hinter der Theke und
verkaufte Brot. Sie hieß Pinella. Pinella war die Tochter einer
armen, aber klugen Frau, von der sie vieles lernte, und wuchs
heran wie andre Kinder auch. Erst als sie schon erwachsen war,
erkannte sie die Kraft, die sie besaß, die sie zu einer Hexe machte.
Sie hatte wunderschönes blondes Haar und grüne Augen, und
mancher Mann, der in die Bäckerstube trat, erlag Pinellas Reiz.
Es war ein ganz bestimmter Blick, den sie verwandte, mit dem
sie Männer in den Bannkreis zog. Und wenn sie einen Mann
gefunden, der ihr gefiel, dann tat sie es.
Pinellas Kraft lag in der Macht, die Männer sinnlich aufzusuchen,
sie zu berühren, und auch Gespräche zwischen ihnen fanden statt,
egal wie weit entfernt sie voneinander waren, egal zu welcher
Zeit. Dann war es so, als sei der Mann wie angezündet, und eine
Vibration geschah, und in der Körpermitte dann begann sich
wohlig eine Wärme auszubreiten von übermächtiger Gewalt. Sie
hatte Spaß an diesem, mal an jenem Manne, und manchmal kam
dem einen sie und dann dem andern auch, in gleicher Nacht. Und
in dem Liebeskreis einmal gefangen, vermochte niemand diesem
zu entfliehen; nur ihr war es gegeben, wenn ihr Interesse an dem
Manne schwand, ihn zu verstoßen, denn da sie eine Hexe war,
war es ihr nicht vergönnt, wie Menschen sonst zu lieben.
Im selben Dorf, in dem Pinella wohnte, lebte zu gleicher Zeit ein
Mann mit seiner Frau. Und als die Dienerschaft einmal nicht
greifbar war, ging dieser hohe Herr daselbst zum Bäckerladen
und kaufte ein. Da sah er in Pinellas Augen, und es begann ein
Strömen und ein Ziehn, und eine Kraft von magischer Versu-
chung zwang ihn in ihren Bann. Er jedoch wußte nicht, wie ihm
geschah, noch, daß es dieses Bäckermädchen war, das ihn
gefangen hatte.

Die Ehe, die der Mann mit seinem Weibe führte, hatte schon längst an Reiz und Qualität verloren, und es war nicht verwunderlich, daß keine Kinder kamen.

Und eine schöne Zeit für diesen Mann begann. Fast jede Nacht zu gleicher Stunde erwachte er, als läge er in warmem Schaum gebadet, und eine Hand liebkoste ihn, und mächtig gab sein Körper Antwort auf die Fragen. Und alles, was er wünschte, ganz versteckt, geschah mit seinem Leib. Da war ein Mund an seinem Glied und küßte es, und eine Hand bewegte seine Hoden, und alles in ihm schwang in süßer Harmonie und sinnlichem Verstehn. Und da Pinella eine Hexe war, tat sie die tollsten Sachen.

Dann, eines Nachts mal war Pinella wieder bei dem Mann und ließ die Hände sanft ihm um den Körper streichen, und sehr erregt und machtlos lag er da und ließ die Köstlichkeit mit sich geschehn, da wurde unverhofft durch seinen schnellen Atem sein Weib geweckt. Und als sie ihn so sah und er die Lust ihr nicht verbergen konnte, ergriff sie die Gelegenheit, und schnell und gleich und heiß nahm sie davon Gebrauch.

Bald merkte nun die Frau des reichen Mannes, daß sie geschwängert war, und als es an der Zeit, gebar sie einen Sohn. Sie nannte ihn Romano. Und weiter kam Pinella zu Besuch und tat, was sich der Vater wünschte.

Romano wuchs heran zu einem jungen Mann, und als er achtzehn wurde, gab es im Elternhaus ein Fest. Davon erfuhr Pinella. Sie zog die tollsten Sachen über, die sie besaß, und ging alsdann dorthin.

"Vom Herrn des Hauses", sagte sie, sei sie geladen und trat herein. Und als der Vater sie erblickte, da wollte er mit solcher Frau nun wirklich nichts zu schaffen haben.

Pinella sah ihn lange an, und plötzlich fiel es ihm wie Schuppen von den Augen, das Bäckermädchen war die Frau, die ihm die Wonnen seiner Nächte brachte, und ohne Macht glitt er zu Boden und ward aus ihrem Liebeskreis entfernt.

Pinella aber wandte sich dem Sohne zu. Und eh' er sich's versah, war er in ihren Bann geraten und blieb darin.

Und wenn - was anzunehmen ist - Pinella noch Gefallen an ihm findet, besucht sie ihn noch heute.

Der Zauberer Tomaso

Auf einem hohen Berg, in einem großen Schloß, lebte einmal vor vielen Jahren, einsam und von aller Welt geschieden, ein Zauberer namens Tomaso. Geplagt von seiner Einsamkeit, erfand er sich die Formel, Mädchen für eine Nacht herbeizuzaubern. Als er die Formel gefunden hatte, ging er in sein Gemach, zog seine Kleidung aus, legte sich nieder, schloß seine Augen und sprach: "Komm herbei, schöne Maid, tu mir Gutes!"

Und siehe da, als er die Augen öffnete, stand da vor seinem Bett ein wunderschönes Mägdelein, bereit, ihm Gutes zuzufügen. Sie legte sich zu ihm, streichelte seine Glieder, beglückte seine Männlichkeit, und wild und süß war seine Nacht und schön.

Am andern Morgen dann war das Geschöpf verschwunden. Fröhlich verbrachte Tomaso den Tag, bis er zum Abend wurde. Dann legte er sich nieder, sprach wieder jene Worte, und wieder kam ein junges Ding und brachte ihm Vergnügen.

Nun eines Abends mal erschien auf seine Formel hin ein Fräulein von recht unscheinbarer Art, jedoch von solcher Lieblichkeit, daß er erschrak. Er richtete sich auf in seinem Bett, bedeckte seinen Leib mit einem Laken und schämte sich ob der Gedanken, die er hatte, mit denen er sie zu sich rief. Sie sprach ihn an und ließ mit sich geschehn, daß er sie hielt, sie an sich zog, sie wie ein Kind bettete - und unberührt schliefen sie ein, dicht an dicht.

Als Tomaso am nächsten Tag erwachte, war er allein, wie jeden Morgen. Er tat die Arbeit seines Tages, und abends legte er sich nieder in Sehnsucht nach der Frau der Nacht zuvor.

Er sprach die Formel:

"Komm herbei, schöne Maid, tu mir Gutes!"

Die Tür ging auf, und es erschien ein Mägdelein mit blondem Haar, mit großen runden Brüsten, mit der Taille einer Fee und duftend süßer Weiblichkeit, daß ihm, wär' sie vormals gekommen, die Lust in seine Adern gestiegen wäre, doch nun blieb alles stumpf in ihm.

So ging es Nacht für Nacht, und jede Nacht das gleiche Spiel. Kein Mädchen mehr vermochte ihn noch zu entzücken, und wie er sich auch mühte, die Frau, die er im Herzen trug, erschien nicht mehr.

Bald schlief Tomaso abends alleine ein und wachte morgens traurig auf und lebte seinen Tag nun lieber denn die Nacht.

Tomaso wurde alt. Und als es an der Zeit für ihn zu sterben war, begab er sich in sein Gemach, zog seine Kleidung aus und legte sich darnieder. Und sehr erschöpft und wie im Traum sprach er: "Geliebte - komm!"

Da ging die Tür des Schlafgemaches auf, und eine Frau mit weißem Haar betrat den Raum. Sie legte ihre Hände Tomaso auf die Brust, und nahe seinem Ohr gehaucht sprach sie: "Geliebter, da bin ich."

Der Zauberer vergrub den Kopf im Schoß der Frau und weinte bitterlich. Dann starb er.

- Und zärtlich strich die Frau das dumme alte Haupt, noch lange.

Rosina und Marie

In einem kleinen Dorf, nahe der Stadt, lebten einmal zwei Mädchen. Sie waren sich in Freundschaft zugetan, und es gab nichts, was sich die beiden nicht erzählten. Rosina war die Tochter eines reichen Mannes und sollte einst das Erbe haben; Marie war arm und hatte nichts.

Nun traf es sich, daß es im Dorf zu feiern galt, und aus der Stadt strömten die Menschen herbei, um an dem Tanzvergnügen teilzuhaben. Mit ihnen Franz. Franz war ein junger Mann mit großen Händen, und was er damit tat, gelang ihm auch. So faßte er gleich kräftig zu und tanzte manchen Tanz. Dann sah er in die Augen von Marie, und seltsam war er von ihr angetan, und bald schon waren sie sich einig. Kein Tag verging, an dem die beiden sich nicht trafen, und keine Stunde schlug, in der sie nicht in Liebe aneinander dachten. Und nichts und niemand würde je sie trennen, gelobten sie.

Rosina hatte bald bemerkt, wie ernst es um die Sache mit den beiden stand, und neidete der Freundin Glück. Jedoch so sehr sie sich auch mühte, den Freund der Freundin auszuspannen, es war umsonst. Für Franz gab's nur Marie.

Dann, eines Nachts, erschien dem Franz im Traum das Bildnis einer Frau. Sie sprach:

"Du kannst das große Glück in dieser Welt erfahren, nur eines Weges Anfang führt dorthin, den mußt du gehn!" Und dann verschwand das Bild.

Als Franz am nächsten Tag sein Mädchen wiedersah, war alles wie verwandelt, und ihre Innigkeit und Liebe war gestört.

Nun kam es so, daß eines Tags der Franz ein Mittagsschläfchen hielt am Waldesrand. Rosina kam des Wegs und sah ihn liegen. Sie setzte sich zu ihm ins Gras an seine Seite, mit einer nie gekannten Lust, ihn zu verführen, den Arm, die Brust und runterwärts das Bein und wieder rauf. Sie hielt dann an und fühlte durch den Stoff der braunen Hose die Männlichkeit vom Franz. Da tat der Franz die Augen auf.

Als er nun sah, daß es Rosina war, die ihn so hielt, verschlug es ihm die Sprache, und ihre Hand bewegte weiter sich auf seinem Leib. - Dann nahm er sie, und alles vormals schien wie nie gewesen. Und da er glaubte, Glück und Geld seien eins und dieses sei der Weg, den er zu gehen habe, versprach er, sie zu seinem Weib zu machen.

Marie, die Freundin, weinte bitterlich, als sie davon erfuhr. Sie packte ein paar Wenigkeiten, und nachts darauf lief sie in eine ferne Stadt davon.

Schon ein paar Tage später fand die Trauung statt. Die Tische waren reich gedeckt, und viele Leute waren eingeladen und kamen zu dem Hochzeitsmahl. In jener Nacht, die nun der Hochzeit folgte, erschien dem Franz erneut im Schlaf die Frau und sprach:

"Du töricht dummer Mann, dein Leben ist vertan!" Und sie verschwand.

Es folgten üble Jahre, denn nichts verband das junge Paar, und immer öfter und voll Sehnsucht gedachte Franz des Mädchens seiner Jugendzeit und wünschte sie herbei. Rosina aber, voller Schuld und Pein der Freundin gegenüber, erkrankte schwer, und als sie schwach und immer schwächer wurde, ließ sie nach ihrer Freundin schicken, sie möge ihr verzeihen.

Franz sandte einen Boten zu Marie, und ein paar Tage später war sie da. Sie ging ins Haus der Eheleute und in das Schlafgemach, in dem die Freundin sterbend lag, und leise sagte sie:

"Ich bin nicht gram mit dir." Rosina starb.

Und Franz fiel vor der Liebsten auf die Knie und bat mit Tränen in den Augen, nun möge sie auch ihm verzeihn. Jedoch da gab es nichts - und traurig ging Marie.

Der Wandersmann

Vor langer Zeit lebte einmal ein Mann, dem war, wie andern Menschen auch, ein Weg gegeben, ihn zu gehn in seinem Leben. Als junger Mann, bestückt mit stolzer Männlichkeit, gepaart mit Wesenszügen auch von Weiblichem, machte sich jener Mann, mit Namen Jean, auf seinen Weg.

Zuerst gelangte er an einen Ort, in dem gerade eine Kirmes abgehalten wurde, mit Buden, Karussell und Lustigkeiten. Jean, frohen Muts, gesellte sich dazu. Und viele hübsche Mädchen gab es da, die machten Augen ihm. So auch ein Mädchen Isabel. Sie war von seinem Reiz und Frohsinn so gefangen, daß sie ihm gleich für eine Nacht die Freuden ihres jungen Körpers schenkte, und er erfuhr zum ersten Mal, wie köstlich sich ein Weib an seine Lenden schmiegte. Und schön und sinnlich war sein Leben und täglich neu, bis er Janina traf.

Janina war die Tochter eines Mannes, bei dem er Arbeit fand für ein paar Tage. Jean, wie so oft, des leichten Spiels gewiß, erbat sich, so wie nebenbei, ein Stelldichein mit ihr. Janina aber hatte keinen Spaß an seinen Oberflächlichkeiten, vielmehr erfüllte sie von Anbeginn ein Sehnen nie gekannter Art nach diesem Mann, ihm zu gehören. Sie kehrte ihr Gefühl zum Schein ins Gegenteil, wann immer er in ihrer Nähe war, und hohen Hauptes, naserümpfend, verbot sie ihm mit ihr die Tändelei. Und Jean erdachte mancherlei, verwarf es wieder, dem Mädchen zu gefallen.

Am Morgen vor dem Morgen, als Jean aufs neue weiterziehen wollte, erfuhr Janina dies, und eine Angst, ihn zu verlieren, bevor sie sich gefunden, machte sich breit. Sie faßte sich ein Herz und bat ihn um ein Wort am Stamm der Eiche.

Und es war dunkle Nacht, der Himmel voller Grollen, und Blitz erhellte sie für einen Augenblick, und polternd brach ein Donnerschlag hernieder - und führte sie zusammen. Sie hielten sich bei Händen, und es geschah ein langer Kuß, ein tiefes Du, und

14

ohne Worte, ohne Fragen, verbrachten sie die Nacht vereint in Liebe.

Nichtsdestotrotz, sein Leben trieb ihn weiter, von Ort zu Ort, von Stadt zu Stadt, in ferne Länder. Und weiter glückte ihm manch' Abenteuer, doch immer seltener fand er daran Gefallen - und immer mehr gedachte er der Stunden mit Janina.

Janina aber glaubte sich von Jean verlassen. Und als ein Jahr vergangen war, er nicht zurückgekehrt, nahm sie den besten Freund des Vaters zum Gemahl und zog zu ihm.

Bald müde seines Weges, kam Jean zurück zu jenem Ort, an dem er einst Janina fand. Der Vater von Janina war gestorben, und niemand von den Leuten, die er fragte, konnte ihm sagen, wo sie zu finden sei. Er ging zur Eiche, ihrem Baum, und an den Stamm gelehnt, geriet in seinen Blick ihm eine Schnitzerei:

"Ich liebe Jean. Janina."

Da baute Jean, unweit des Eichenbaumes, ein weißes Haus, mit Stufen, die zur Eingangstüre führten. Und neben diesem Baum stand eine Bank. Dort saß er jeden Tag und betete zu Gott und wünschte sie herbei. Doch Jahre gingen, neue kamen, und alle Hoffnung schwand, sie noch einmal zu treffen.

Zu Ende seines Lebens sah Jean eine Gestalt, gebückt und alt, des Weges kommen, der zum Baume führte. Es war Janina.

Und Jean stand auf, gestützt auf seinen Stock, ging ihr entgegen und führte sie an seiner Hand nach Hause.

- Gemeinsam fanden sie ein Grab am Stamm der Eiche. Und auf dem Schild, befestigt an dem Baume, steht geschrieben:

"Hier ruht ein Wandersmann
mit Namen Jean.
Und seine Frau Janina."

Fidelius, der Geigenspieler

Zu Zeiten, als Konzerte noch öffentlich auf Plätzen dargeboten wurden und jedermann sie hören konnte, lebte einmal ein Musikant namens Fidelius.

Von Kindesbeinen an erlernte er das Geigenspiel, bis man an Virtuosität nicht seinesgleichen finden konnte. Nun war ihm aber durch die viele Geigerei der Zugang andrer Art zu Menschen, zu Frauen insbesondere, versagt, denn seine Möglichkeit des Ausdrucks von Gefühlen lag einzig ihm im Streichen seines Instruments. Und scheu und schüchtern wünschte er sich oft, ein ganz normaler Mann zu sein.

Zu gleicher Zeit in seiner Stadt lebte ein Mädchen. Ihr war gegeben, in Wort und Schrift sich auszudrücken, wann immer ihr danach ums Herze stand.

Nun wurde einst im Ort am Markt ein Wunschkonzert gegeben, und durch das Fenster ihres Zimmers, dem Platze gegenüber, drangen die Töne seines Spiels in ihr Gemüt. Und eine Ahnung, Liebe zu erleben, erfüllte sie. Zu Ende des Konzerts, als alle Leute schon gegangen waren, trat sie dem Geigenspieler in den Weg und bat, ihr zur Erinnerung an diese Stunde, die Blume, die sein Knopfloch zierte, zu schenken. Errötend und in Hoffnung, des Mädchens Nähe loszusein, gab er sie ihr.

Das Mädchen schrieb ihm einen Vers:

> "Süßer noch als Rosenduft
> ist wissendes Erwachen,
> tiefer noch denn Meeresgrund
> ist mein Empfinden Dir."

Fidelius, der Violinenmann, hatte nie Ähnliches gereimt gelesen, und an sein Herz gedrückt die Zeilen, schlief er in dieser Nacht zu süßen Träumen ein.

Ein neues Fest war angesagt, und wunderbar erklang die Geige.
Doch diesmal sagte er entschieden: "Nein" auf ihre Bitte hin, die
Blume zu bekommen, und lief nach einem Satz, sie möge ihn in
Ruhe lassen, davon.
Das Mädchen schrieb ihm Abschiedsworte, und mit verdorrter
Rosenknospe ließ sie dem Mann die Zeilen bringen.
Als nun Fidelius die Blume sah und Schrift mit Schrift verglich,
erkannte er sein Ungeschick, und er verließ für Wochen nicht das
Haus; und wenn, was manches Mal geschah, sie sich per Zufall
in die Wege liefen, verbarg er sich, sie nicht zu kennen. Doch
alles, was er denken konnte insgeheim, war, diesem Mädchen zu
gehören.
Ein Jahr verging. Das Mädchen suchte Trost in einer Liebelei,
doch immer wenn Fidelius im Kreise seiner Musikanten der
Violine Saitenspiel erklingen ließ, erwachte wieder ihr Verlangen, und schließlich schrieb sie ihm:
"Bevor ich Dich für immer lasse, erbitte ich ein Lied am Platze,
und schweigend will ich hören, was Du mir sagen magst."
Und Geigenmeere hoben an und lautes Jubilieren, und heiße
Liebesglut und Sehnsuchtsqual erklangen und sprachen ihr von
Wünschen nach Unendlichkeit und ewigem Verstehn.
Noch lange saß das Mädchen am Fenster ihrer Stube, dann
schrieb sie sich den Vers:

> "Die Liebe ist ein selten feines Instrument,
> noch reiner als die Violine,
> bewahre sie und schlage ihre Saiten
> nur leise an,
> sonst bricht ihr Klang."

Und Liebesweh und Klageweisen ertönten fort und fort.
- Doch irgendwann einmal hörte sie nicht mehr hin.

Tibor der Schreckliche

In einem Land vor vielen Jahren gehörte es dazu, daß Leute, die sich was zuschulden kommen ließen, dafür ihr Leben lassen mußten, auch wenn der Anlaß, dessen sie beschuldigt wurden, meist nicht von der Bedeutung war, sie dafür hinzurichten. Tibor, der Schreckliche genannt, regierte dieses Land, und alle Menschen, die sein Reich bewohnten, lebten in Armut, Angst und Furcht vor seinen Greueltaten.

Noch jung an Jahren, begann er seine Macht in jeder Richtung auszukosten, so auch, indem er Weiblichkeit zu sich befahl, ihn zu ergötzen, denn niemand weit und breit war ihm in Wohlgefallen zugetan, geschweige denn in Liebe. Und jedes Mädchen, jede Frau erschauderte bei dem Gedanken, von ihm erwählt zu werden. Doch keine unter ihnen hätte es je gewagt, sich seinen Lustbegierden nicht zu beugen, denn es war allseits wohlbekannt, sie mußte mit dem Tod dafür bezahlen.

Beauftragt, jeweils ihm für den Bedarf ein Mädchen beizuschaffen, waren zwei Männer. Zu Roß, getarnt in Alltagskleidung, ritten sie durch das Land und holten ihm ein Weib zu seiner Freude. Sodann erfanden emsig Frauen seiner Dienerschaft ein passendes Gewand, wuschen und salbten des Mädchens Körper ein und rieten ihr, in seinem Schlafgemach sich schweigend aufzuhalten und das zu tun, was er von ihr verlange. Und zitternd tat ein jedes Mädchen dies.

Es fuhr ein Wagen in den Raum mit Speisen, Wein und Leckereien, und bald darauf erschien der Schreckliche. Das Mädchen wurde kurz von ihm taxiert, und gleich befahl er ihr, sich auszukleiden. Nicht ganz, nur so, daß sie ab ihrer Taille runterwärts nicht mehr bekleidet war, denn nie bei seinem Liebestreiben hatte er Spaß daran, die Brüste seiner Opfer zu befassen, vor ihren Warzen und dem ganzen Drumherum stieg Ekel in ihm auf. Dann wurde, immer war das so, von ihm das Mädchen auf einen eigens dafür vorbestimmten Platz gehoben, und er besah in allen

Einzelheiten sich des Mädchens Scham. Und in den Spielen dann, erfand er immer neue Sinnlichkeiten. So ließ ein Mädchen er, dem Früchte in den Schoß gelegt, solange davon essen, bis es erneut entblößt, sich schämend vor ihm saß. Und andermal, bei einem jungen Ding, begoß er es mit rotem Wein, den er alsdann von ihrer Öffnung sog. Was gleich darauf geschah, war schnell und schwer in sie gedrungen, sie besessen.

In seinem Land, versteckt von ihren Eltern, lebte in Ahnungslosigkeit ein Mädchen namens Julika. In ihren siebzehn Jahren, die sie lebte, hatte sie nie Gefühl von Angst erfahren, denn sie besaß die Fähigkeit des Lesens der Gedanken. Egal was um sie her geschah, sie wußte Passendes zu sagen, denn die Gedanken dessen, der sie dachte, zeigten in einem Bilde sich vor ihren Augen.

Nun, eines Tages wieder, ritten die Männer übers Land, ein Mädchen für den Herrscher zu besorgen, und fanden sie. Und schnell, nicht wissend, was ihr bevorstand, ward sie gepackt und fortgeschleppt. Die Frauen taten ihre Pflicht: Ein Wannenbad und eingeölt, in weißes Seidentuch gehüllt, wurde sie in des Königs Schlafgemach geführt. Der Wagen mit den Speisen rollte rein, der Mächtige erschien. - Und er erschrak. Ein Mädchen solcher Art, mit einer Unschuld wie der ihren, war ihm noch nie gebracht.

Julika sah das Bildnis seines Denkens:
Sie saß auf einem Sockel, bekleidet nur mit einer Schärpe um die Brust und ihn, den Schrecklichen, dabei, ihr Schande zuzufügen. Jedoch, bevor er weiterdenken konnte, erklärte sie, daß jener Mann, dem sie sich dereinst geben wolle, erst eines Rätsels Lösung würde finden müssen: 'Zu welchem Sinn ein Mensch auf Erden sei'. Des Schrecklichen Begierde schwand. Das Mädchen wurde heimgeschickt.

Doch bald schon drehte sich des Königs Denken im Kreise nur um dieses Mädchen, und er besann sich seiner Macht und ließ sie holen. Die gleiche Prozedur, nun aber bat er sie, sie möge sich ihm schenken, und es entstand in ihr bei seinen Worten dieses Bild:

Julika sah sich angekleidet auf eine Art Podest gesetzt, und seine Hand bewegte ihre Brüste, schob ihr den Stoff des Kleides, der die Brust bedeckte, beiseite, und er versank in ihrer Weichheit.

Kopfschüttelnd stand das Mädchen auf und ungehindert, festen Blicks, ging Julika nach Haus.

Ein drittes Mal geschah es, und wieder war es wie vorher, nur dieses Mal erschien ein fürchterliches Bild vor ihren Augen. Sie stand auf einem Scheiterhaufen, und um sie her entzündete sich Feuersbrunst, und in dem Feuer selbst stand sie in Flammen.

Julika nahm den Gürtel ab, der ihre Taille schnürte, und legte ihn sich um den Hals. Drauf sagte sie:

"Wenn ich zu sterben habe, soll es geschehen, nur bitte ich die Todesart zu wählen, die meinen Körper nicht zu Asche werden läßt."

Da fiel der König vor dem Mädchen auf die Knie, und Tränen traten ihm in seine Augen, er hätte nie und nimmer daran gedacht, sie zu ermorden.

Ab diesem Tage waren dem Herrschenden Brutalität und Haß und Grausamkeit genommen, und friedlich lebte er in Eintracht mit allen Menschen seines Landes.

- Jedoch, obschon noch manches Mädchen ihm zu Willen war, des Rätsels Lösung: 'Liebe zu erfahren', war König Tibor nicht vergönnt.

Lieschen und Animo

In Irgendwo, der Ort hieß wirklich so, wuchsen einmal ein Mädchen und ein Knabe in Freundschaft miteinander auf. Der Bub hieß Animo, das Mädchen Liese. Gemeinsam gingen sie zur Schule, gemeinsam spielten sie. Und ihre Eltern waren froh, daß sie einander hatten.

Aus Brettern, Balken und Gestrüpp erbauten sich die Kinder so nach und nach ein Haus in der Kastanie. Hinauf zu schwindelndhoher Krone führten, für jeden gut versteckt, die Sprossen einer Leiter. Ein Sack mit Stroh das Bett, ein Tisch, ein Stuhl, es war ein richtiges Zuhause.

Und eines Tages, wie von selbst, entdeckten Animo und Liese, daß etwas anders war, so sah er plötzlich sie mit neuen Augen, und sie erfuhr in seiner Nähe ein Klopfen in der Brust, das vormals nie gewesen; und es entstand ein sinnliches Verlangen in beider Körper, sich zu lieben, bis schließlich Animo auf Lieschens Leib zu liegen kam, in ihr versank.

Danach, erschrocken dessen, was geschehen war, sprangen sie auf, um heimzugehen. Und da passierte es: Auf glitschig nasser Sprosse rutschte der Knabe aus und stürzte, stürzte in die Tiefe. Bald war in Irgendwo allseits bekannt, er würde seines Lebens lang nie wieder laufen können. So wurde ihm ein Stuhl gebaut mit Rädern dran, und seine Mutter mühte sich von früh bis spät, dem Sohn den Leidensweg so angenehm wie möglich zu gestalten; jedoch ihn quälte einzig nur das Sehnen nach dem Mädchen.

Indessen Liese war nicht lang allein, denn sie war jung und hübsch und hatte Spaß am Leben. Der Fritz, der Franz und Hinz und Kunz machten ihr Angebote, und oft und gleich begab sie sich mit diesem, mal mit jenem ins Heu für einen kurzen Lustgewinn. Doch irgendwie und insgeheim und schade, so wie mit Animo war's nimmermehr.

Nun kam nach Irgendwo einmal ein Kartenleger, der konnte in die Zukunft sehn, und wer sie wissen wollte, ging zu ihm in seinen Wagen, für ein paar Taler sie zu hören. So auch die Liese. Zum Zwecke, jeweils Zukunft zu befragen, nahm dieser Mann ein Kartenspiel zur Hand, und dann, die Karten auf den Tisch gelegt, begann er sie zu deuten.

Dem Lieschen sagte er:

"Ich sehe einen Mann, der dir in Liebe zugetan." Und eine neue Karte sprach: "Er sitzt in einem Stuhl"; und eine dritte dann, daß dieser sich aus seinem Stuhle erhebe, an einem Ort, an dem sie sich dereinst geliebt. Die vierte wollte Lieschen nicht mehr wissen und rannte, was die Füße trugen, zu Animo.

Sie schob den kranken Freund zum Baum der Kindertage und eilte rasch die Leiter hoch, und oben angekommen, rief sie aus, nun möge er desgleichen tun und lockte ihn und hüpfte rum, vertrat den Fuß und stürzte, stürzte, stürzte.

Da sprang, im Schrecken ihres Falles, der Animo von seinem Stuhle auf und war geheilt ab diesem Augenblick. Das Mädchen tot.

Die eigentliche Tragik der Geschichte aber war, daß Animo, obgleich gesund, zurück in seinen Rollstuhl sank, um lebenslang gelähmt zu bleiben.

- Denn daß sein Lieschen liederlich gewesen, davon erfuhr er nie.

Der Weise

Es war einmal ein kluger Mann. Die Leute nannten ihn den Weisen, denn immer wenn sie Fragen hatten, Probleme mit sich trugen, gingen sie hin zu ihm, um seinen Rat zu hören. Im gleichen Ort lebte ein Mann, vermählt mit seiner Frau Ninetta. Die Eheschließung fand auf Wunsch des Vaters von Ninetta statt, der darin Nutzen sah, da Joschas Eltern Grund und Boden, Vieh und Hof ihr eigen nannten, das sie dem Sohn vererben wollten.

Ninetta tat als brave Frau die Pflichten eines jeden Weibes, sie kochte, putzte, hielt die Kleidung rein, doch nächtliches Beisammensein in Nähe eines Mannes war ihr in hohem Maße unvertraut. So zeigte sie sich spröde bald und sperrig, dem Drang des Ehemannes zu gehorchen, der darum oftmals eher mit Gewalt sie nahm, denn sie zu lieben.

Nun, einmal ging der Joscha zu dem weisen Mann, ihn zu befragen, wie er sein Weib gefügig machen könne.

Der Weise sah ihn lange an und sprach:

"In jeder Frau steckt auch ein Mann. Nimm dir den Mann in ihr zum Freund, so hast du auch ein Weib."

Der Joscha dankte ihm, ging heim. Doch als er seine Nette sah, wie sie sich streckend die Wäsche an die Leine hing und das Figürchen seiner Frau so weich und rundlich war, vermochte er nichts Männliches in seinem Weibe zu entdecken, und alles war wie vormals schon gewesen.

Erneut ging Joscha zu dem Weisen und bat um seinen Rat.

"In jedem Manne steckt auch eine Frau", sprach dieser dieses Mal. "Wenn du den Freund in ihr nicht finden konntest, so kehr das Weib in dir heraus und sei ihr Freundin."

Und wie verwandelt war ihr Leben. Er neckte sie und sprach sie freundlich an, besorgte mit ihr Weiberkram und mühte sich sogar, ihr zu beweisen, wie wenig ihm daran gelegen sei, das Bett mit ihr zu teilen. Bis eines Nachts Ninetta alle Sperrigkeit vergaß und sich ihm gab in Zärtlichkeit und Wärme.

Nur, bald schon war es wieder wie vorher. Der Mann war Mann und sie die Frau, und keine Nacht, in der er sie nicht stürmisch packte, sie besaß und sie ihn dafür haßte.

Ein drittes Mal ging Joscha zu dem Weisen, es hätte alles nicht genutzt, und bat um neuen Rat.

"Vor allen Dingen mußt du eines wissen, daß jeder Mensch auch eine Seele hat. Wenn Freund und Freundin dir nicht helfen, so sei ein Kind mit ihr."

Der Joscha dankte ihm, ging heim. Und an der Türe fand er vor ein Mägdelein, so sah er seine Frau. Er setzte sich mit ihr zu Spiel und Tollereien, und nachts im ehelichen Schlafgemach erfand er dummes Zeug und hob sie hoch und drehte sich dabei wie wild im Kreis, und da sie so wie Kinder waren, schliefen sie ein in dieser Nacht in Unschuld, so wie Kinder.

Und nach und nach geschah, wovon der Weise sprach, ein zartes sich Berühren, ein erster Kuß und schließlich inniges Begehren, bis sie sich fraglos ineinander fügten zu einem Eins als Paar.

Nach langem Leben, Weisheit kündend, starb der weise Mann.

- Des Menschen Dummheit allerdings ist allemal geblieben.

Marlene

Grundlos von Eifersucht geplagt, lebte einmal ein Großfürst Anatol mit seiner schönen Frau Marlene. Sie waren erst seit einem Jahr vermählt, doch Anatol sah ständig seines Weibes Liebe in Gefahr, und so bewachte er ihr Tun mit Argusaugen. Einmal begab es sich, daß Anatol für lange Zeit auf Reisen ging und sie derweil - in Angst, sie könne ihn betrügen - ins nahe Kloster zu den Nonnen schickte, um sich der Keuschheit seiner Frau gewiß zu sein.

Das Kloster lag auf halbem Hügel vor der Stadt und war umgeben von einer Mauer, getrennt von allem weltlichen Geschehen. Ein zweites, ähnlich diesem, lag oben auf dem Berg. Dort lebten Mönche, die ihr Leben lang Gebet und Buße taten, im Sinne, dafür Ewiges im Himmel zu erfahren.

Jeweils von beiden Klosterstätten führte ein schmaler Gang im Unterirdischen zu dem Raum einer Katakombe. In jeder Vollmondnacht begaben sich die Mönche in das Gewölbe, und auf der andern Seite schickten sich die Nonnen an, sich einzufinden.

Marlene wurde, da sie neu im Kloster war, besonders hergerichtet, den Mönchen vorgestellt zu werden.

Der Raum war ringsherum mit Kerzen ausgeleuchtet. In einem Teile hielten sich die Männer auf, im anderen die Frauen. Inmitten dieser Katakombe stand eine Art Altar aus Marmorstein, auf dem ein weißes Laken ausgebreitet war.

Nach kurzem Psalm, im Chor gesungen, wurde Marlene auf den Stein gesetzt und von den Nonnen ausgekleidet. Nun hießen sie die Frauen, sich zu legen, und schnürten jeweils einen Riemen dem Mädchen um die Fesseln, so daß sie in gespreizter Stellung entblößt darnieder lag. Alsdann bewegten sich die Mönche im Kreis um den Marmorstein, und in Begleitung des Gesangs der Nonnen besahen sie das Mädchen. Der Mann, der nun bei ihrem Haupt zum Stehen kam, als der Gesang beendet wurde, dem sollte sie - im Beisein aller - gehören. Das Los traf Bruder

Samuel. Nur ihm war es erlaubt, sie zu berühren, und nur wenn ihm gelang, daß sich das Mädchen willig gab, durfte er sie besitzen. So strich er ihr den warmen Leib, den Bauch, die Brüste, die Schenkel sanft an deren Innenseiten - bis sie in Glut geriet.

Dann zog er seine Kutte aus und stieg, begleitet vom Choral der Mönche, auf diesen Stein, drang in sie ein. Nun wieder war ihm auferlegt, so hieß das Ritual, so lange seine Lust zu zügeln, bis der Gesang verstummte, die Glaubensbrüder damit Zeichen gaben, den Liebesakt zum Höhepunkt zu bringen. Und gleichermaßen dann, in atemloser Stille, ergoß sich die Befriedigung.

Danach verließen erst die Nonnen, dann die Mönche die kühle Katakombe - und niemand sprach ein Wort. Marlene ward in ein Verließ geführt und hatte dort Gelübde abzulegen, daß sie nie einer Menschenseele von diesem Vorfall je berichten werde.

Drei Wochen später kam der Ehemann zurück von seiner Reise und ließ sogleich nach seinem Weibe schicken.

"Wie hast du deine Zeit verbracht?" war seine erste Frage, und ihre Antwort darauf: "In Liebe!"

Stolz zog der Fürst die Lene an die Brust, wie klug war er gewesen.

- Allein, wann immer er nachher, zu nächtlichem Verkehr, sich an dem Körper seines Weibes labte, sah sie sich ausgebreitet, liegend, gefesselt auf dem Marmorsteine wieder, von zarter Glaubensbruderhand in höchster Kunst verführt.

Duseldumm

Vor vielen Jahren, als es noch Elfen, Spuk und Zauberkräfte gab, wurde einmal ein Bub geboren, für den die Mutter keinen Namen fand.

Im Alter von knapp einem Jahr fiel dieses Kind, da seine Schwester Lotte des Bruders Aufsicht nicht mit rechtem Ernst versah, von einer Brückenbrüstung direkt in einen Ruderkahn und blieb dank dieser Fügung am Leben. Ab diesem Tage nannte man ihn Dusel.

Der Dusel wuchs heran zu einem jungen Mann. Was ihn markierte, war: sein büschellanges Schnurrbarthaar. Das Mädchen Trine war die Freundin. Sie malte sich mit ihm ein Eheleben aus.

Nun, eines Tages mal ging Dusel, nur für sich allein, im nahen Wald spazieren und stand plötzlich vor einem Tor. Auf einer Inschrift stand zu lesen:

Jenseits der Mauer liegt das Reich der Feen.

Betrittst du es, wird keine Zeit vergehen,

verläßt du es, ist sie vergangen.

Bei diesen Worten kam dem Dusel keine Angst, so trat er durch das Tor. Das Feenreich lag da in güldnem Sonnenschein. Ein Pfad, verziert mit wilden Orchideen, führte geradewegs zu einem prächtigen Palast. Dort angelangt, betrat der Dusel einen Saal, in Kerzenlicht getaucht, mit buntbemalten Wänden und Glimmerglitzer überall, wohin er schaute, und in der Mitte stand ein Tisch mit auserwählten Köstlichkeiten.

Das Feenreich regierte eine Königin. Es herrschten strenge Sitten. So wurde, wer sich deren Regeln widersetzte, aus ihrem Reich verbannt. Und einer Elfe drohte gar der Tod, obgleich ein Feenleben selbst unsterblich war.

Begleitet von zwölf Elfenkindern, betrat die Feenkönigin den Saal. Sie hob die Hand, den Dusel zu begrüßen, und sprach in warmem Klang, daß er für immer bleiben dürfe, wenn er vermochte, sie zu lieben. Das wollte Dusel gerne tun, denn was die Königin versprach, schien wert und einfach zu erfüllen.

Nachts fand ein buntes Treiben statt im Feenreich am Wiesenanger. Von überall erschienen junge Elfenkinder, in dünnes Flattertuch gehüllt. Sie tanzten den Begrüßungsreigen zu Klängen einer Harfe, und später dann erfreute ihn die Königin daselbst mit ihren Weisen, bis er von Kopf bis Fuß und über beide Ohren von ihr gefangen war. So lebte er vergnügt in ständig neuem Wohl und immerwährendem Ergötzen, verwöhnt von einer Königin.

Jedoch der Dusel war nicht nur von Glück beseelt, er war auch leider dumm. Ein Elfenmädchen Kunigunde betörte ihn mit ihrem Reiz, und als er einmal unverhofft mit ihr alleine war, zog er sie mir nichts dir nichts zu sich her, und heiß entfacht entglitt er sich - verfiel er ihr.

Am nächsten Tage war ein Treffen anberaumt mit allen Elfen, Feen und der Königin. Auch Dusel hatte zu erscheinen. Inmitten auf dem Tisch, im Saale aufgebahrt, lag tot das Elfenkind. Die Feenkönigin erhob die Hand zu Gruß, dem Dusel Lebewohl zu sagen, und von zwei Elfenmädelchen geleitet, gelangte er an jenes Tor, das er dereinst betrat.

Gealtert, grau und gram, fand Dusel sich zurück in seiner Welt, am gleichen Tag, an dem er sie verlassen hatte.

- Und niemand, nicht einmal die Trine, erkannte diesen Duseldumm.

Amanda und die Kleider

Es wuchs einmal ein Mädchen umsorgt, gehegt, verwöhnt im Hause ihres Onkels auf, da ihre Mutter gestorben war infolge der Geburt. Amanda hieß das Mädchen, und als sie achtzehn Jahre war, gab ihr der Onkel einen Korb, das Erbe ihrer Mutter. In jenem Korb befanden sich vier Kleider, das eine schöner als das andere, und alle paßten sie dem Mädchen, als seien sie für ihren Leib geschneidert.

Zu einer Festlichkeit einmal zog sie das Rote über mit tiefem Dekolleté, und alle Männer drehten sich nach ihr und wollten sie, gleich einer Dirn, besitzen. Ein andermal nahm sie das Grüne aus dem Korb. In diesem Kleid mit Federboa erweckte sie den Eindruck einer Dame, und jeder sah sie ehrerbietig an, reichte ihr Speisen und Getränke und ließ nicht ab, ihr jeden Wunsch von den Augen abzulesen. Zum Kirchgang dann trug sie das Graue aus weichem Tuch mit Knöpfen hoch geschlossen. Ein Bursche sah, wie sie den Psalm so lieblich sang, und später dann sprach er sie an und legte ihr sein Herz zu Füßen. Doch heftig gab sie zu verstehn, daß ihr der Sinn nach Besserem bestünde. Das vierte Kleid war weiß, zur Hochzeit trug man solche. Amanda wusch es neu und blütenfrisch, es für den Tag sich zu bewahren, an dem sie es, zu eben diesem Zwecke, dann tragen würde.

Abwechselnd zog sie nun das eine, mal das andre über, und immer war die Wirkung, die jeweils durch das Kleid der Mutter sich ergab, fatal. Denn angezogen ganz normal, erlebte sie nichts Ähnliches.

Nun, eines Nachts erschien die Mutter ihr im Schlaf und sprach: "Mein Kind, den Korb mit Kleidern gab ich dir, den rechten Lebensweg zu finden. Ein jedes Kleid hat seine Zeit, alleine eines ist für immer."

Und aufgewacht aus ihrem Traum, besah Amanda sich die Kleidungsstücke, entschied, daß ihr das weiße wohl am besten passen würde, und lebte weiter so dahin, den Tag erwartend, an dem sie dieses dann zu ihrer Hochzeit tragen würde.

Sie zog das Rote über, wenn immer ihr der Sinn nach leichter Liebe war, das Grüne, Männerherzen zu entfachen, das Graue immer, wenn im Dorf der Kirchgang war. Bis eines Nachts erneut die Mutter zu ihr sprach:

"Du hast noch vierzehn Tage Zeit, dich zu entscheiden. Das Kleid, das du an jenem Tage trägst, an dem die Zeit vorbei, das wirst du immer tragen."

Und voller Panik aufgescheucht, lief nun das junge Ding, sich einen Ehemann zu finden. Der Bursche fiel ihr ein, den sie in Liebe zu sich wußte, den wollte sie, entschied sie nun, zum Ehemann. Und nach der Kirche, grau und hochgeschlossen, trat sie ihm in den Weg, sie sei nicht abgeneigt, mit ihm die Ehe einzugehen.

Die Hochzeit ward beschlossen vor Ablauf jener Frist. Das weiße Kleid noch einmal aufgebügelt, angetan, erschien Amanda vor der Kirchentür.

Da brach mit Holter und Gepolter ein Ziegel von der Kirchturmspitze, traf auf das Haupt der Braut und riß sie in den Tod.

Man zog das Kleid ihr nicht mehr aus - begrub sie so.

Die Mutter und ihr Sohn

Ein junges Weib in voller Blüte verbrachte einmal eine Nacht vereint mit einem Mann und wurde, da er unbedacht mit seinem Triebe umgegangen war, von ihm geschwängert. Als dies der Mann erfuhr, ließ er das Mädchen sitzen und machte sich davon. So kam es, daß die Frau mit ihrem Sohn, dem sie den Namen Niegür gab, ihr Leben lebte in Zufriedenheit, und ihm alsbald den Sinn in ihrem Leben zudachte, der ihr durch einen Mann verwehrt geblieben war. Und Niegür liebte seine Mutter in Dankbarkeit dafür, daß sie - wie sie es oft und gern betonte - ihr Leben ihm zum Opfer brachte.

An einem Tage mal, als Niegür schon erwachsen war, traf er bei einem Tanzvergnügen ein Mädchen. Nicht lange, und sie waren einander einig und tanzten durch die halbe Nacht; und heimgekehrt zu seiner Mutter, erzählte Niegür ihr, was ihm geschehen war.

Da brach die Mutter sterbenskrank darnieder und sah den Sohn mit Tränen an, er dürfe sie, krank, wie sie sei, niemals verlassen. Und Niegür packte eine Angst, die Mutter zu verlieren - das Mädchen war ihm einerlei.

Er lief zu einem Wunderheiler und bat um eine Arznei, der Mutter Leben zu bewahren. Der Mediziner gab ihm einen Zaubertrunk, der, sagte er, der Mutter Heilung bringen würde, obgleich nur dann, wenn ihre letzte Stunde schlüge, ansonsten stürbe sie, davon genossen, daran.

Und Niegür eilte heim. Die Mutter stand am Herd wie alle Tage, und ihre Krankheit war wie weggeblasen, da sie den Sohn in Liebe zu sich sah.

Nun ein paar Wochen später traf es sich, daß Niegür jenes Mädchen wiedersah, das ihn bezaubert hatte, und wieder war er gleich von ihr entzückt. Bald trafen sie sich heimlich zu Liebesspiel und Zärtlichkeiten in einem Schober vor der Stadt, bis eines Tages ihm das Mädchen eingestand, daß sie in sich ein Kindlein wachsen spüre, und sie erbat sich ihn, damit das Kind den rechten Namen seines Vaters trüge, zum Ehemann.

Als nun die Mutter davon hörte, daß sich der Sohn vermählen werde, sank sie erneut erkrankt darnieder, ließ nach dem Priester und den Sterbesakramenten schicken und sah den Sohn mit Tränen an, sie hätte ihn, nur ihn ihr Leben lang geliebt. Rasch holte Niegür jene Wundermedizin, die er im Schrein verwahrte, und sprach sodann:

"Wenn du von diesem Safte trinkst, bist du geheilt." Jedoch erklärte er ihr auch, daß dieser Trunk des Todes sei, wenn sie nicht wirklich leidend wäre. Da stand die Mutter auf von ihrem Lager und ließ die Krankheit Krankheit sein.

Die Hochzeit fand in einem Wirtshaus statt. die Braut war hübsch in Weiß gekleidet, und Blumen zierten sie, und alles lachte und war fröhlich, dem Fest der Liebe beizuwohnen. Auch Niegürs Mutter gab sich zuversichtlich, doch trug versteckt sie in der Bluse das Fläschchen Wundermedizin; und kurz, bevor das junge Paar zur Nacht vereint sich finden wollte, gab sie den Zaubertrunk, dem Weine beigemengt, ins Glas der Braut.

Ein Tusch erklang, die Gläser klirrten, ein jeder trank. Das Mädchen aber, da sie schwanger war, vertrug, so wußte sie, kein alkoholisches Getränk. Sie schob ihr Glas dem Liebsten zu, und dieser trank es leer in einem zweiten Zug.

- Und in die Arme seiner Mutter sinkend, starb er daran.

Die junge Frau gebar sich einen Sohn, dem sie den Namen Niegür gab. Und dankbar liebte dieser seine Mutter, da sie ihr Leben ihm zum Opfer brachte.

Rachon der Dieb

Verstrickt in Gaunereien übelster Natur, lebte einmal ein Mann, Rachon genannt. Im ganzen Land war er bekannt für Diebstahl und Betrugsgeschichten, doch niemals fand man ihn. Mit Fingerfertigkeit und schnellem Griff nahm er aus Jacken, Taschen, Hosen die Börsen mit, rempelte unverhofft Damen an, und fluchs waren sie beraubt von ihrem Schmuck, dem güldenen Geschmeide, das er sodann, gleich dessen Wert, veräußerte. Kein Kramerladen in der Stadt, den er nicht schon bestohlen hatte, auch wenn er beispielsweise für jene Utensilie nicht eigentlich Verwendung fand, sie kurz gebrauchte, dann vergaß.

Zu jener Zeit, wie alle Zeiten, gab es ein Mittel, eine Art Opiat, das Menschen gerne zu sich nahmen, rauschhaft in Stimmung zu geraten; gleichfalls bewirkte diese Droge bei starkem Schmerz Erleichterung. Natürlich war es streng verboten, das Pulver zu besitzen, und wer es hatte, sich damit erwischen ließ, wurde meist streng bestraft. Rachon, wie sollt' es anders sein, kannte und nahm die Droge, denn, diese eingenommen , schien oft das Leben erträglicher zu sein.

Nicht weit von jener Stadt, in der Rachon die Unart übte, lebte ein Mädchen zusammen mit dem Vater. Jelina war ihr Name, und sie war klar und ohne Arg den Menschen gegenüber. Der Vater litt, solang sie denken konnte, an einer schweren Toxizitis, die ihn oftmals zum Wahnsinn trieb, und käuflich war nicht zu erwerben, das seinen Schmerzen Linderung verlieh.

Jelina hörte eines Tages, daß es in Illegalität ein Mittel gebe, Qualen zu mindern; und als es einmal ganz besonders schlimm um ihren Vater stand, ging sie zu der Spelunke, die ihr geheißen war, dem Treffpunkt der Ganoven. Dort traf sie auf Rachon. Jelina sah ihm grade ins Gesicht, und unverblümt erbat sie jenes Stimulans.

- Und wie in Trance geraten, das Mädchen anzusehen, gab Rachon ihr, wovon sie sprach.

Des Vaters Schmerzen ließen nach für eine Zeit, und als sie neu und wieder unerträglich kamen, begab Jelina sich ein zweites Mal zu jenem Ort.

Mit Rachon war, seit er das Mädchen traf, Veränderung passiert, so lag sie ständig ihm im Sinn. Und nun, da er sie wiedersah, nahm er sich Mut und zog sie dicht, bedeckte sie mit Küssen.

Jelina aber war dem Mann nicht ähnlich zugetan, mit klarem Blick, sich freigemacht, erbat sie lediglich das Pulver.

Da nannte Rachon einen hohen Preis.

Jelina lief, verkaufte Hab und Gut, Teppiche, Möbel, Kleider, bis sie die Summe beieinander hatte. In gleicher Nacht betrat sie die Spelunke.

Rachon sah sie nicht an, nahm lediglich die Scheine, hieß sie, ein Weilchen stillzustehn, derweil er ginge, die Droge zu beschaffen - er ging auf Nimmerwiedersehn.

Am Tage, als der Vater starb, Jelina mit ihm aus dem Leben schied, war für Rachon die Zeit der Gaunerei vorbei, denn ihm war gleichentags das Augenlicht genommen.

Die Kräuter-Babe

Inmitten eines Waldes verborgen hatte die Kräuter-Babe ihr Haus. Den Namen trug sie, da sie sich verstand aufs Rühren von Tinkturen erlesener Gewächse, die sie im Garten zog, jeweils mit einer Paste mixte, sodann in Tiegel füllte und auf dem Markt als Mittel pries, verlorne Liebeskräfte neu zu haben.

Dem Malermeister Timpel ging es in seiner Ehe schlecht. Die Lust war ihm geblieben schon seit geraumer Zeit, und immer öfter schlichen sich Gedanken bei ihm ein, er sei ein echter Mann gewesen.

Nun, eines Tages ging der Timpel zur Kräuter-Babe auf den Markt, die Creme zu besorgen, die seine Mannbarkeit ihm wiederbrächte.

Die Babe gab ihm eine Vaseline, mit der bestrichen ihm sein Weib wohl sinnlich würde.

Timpel, zurückgekehrt nach Hause, lief gleich in seine Kammer, zog seine Kleidung aus und strich von Kopf bis Fuß sich mit der Paste ein. Sodann rief er sein Weib. Isolde kam, doch nichts geschah, schlaff war und blieb, was ihm so wichtig steif gewesen wäre.

Am andern Tage ging Timpel erneut zur Alten auf den Markt. "Die Paste tat bei mir nicht jene Wirkung, die du versprochen hast!"

"Nun", sprach die kluge Babe, "nicht dir galt diese, dein Weib damit massiert, hätt' eine Wirkung schon ergeben!"

Sie griff in ihren Korb und gab dem Timpel ein neues Präparat. Zu Hause angelangt, gebot der Meister seinem Weib, sich auszukleiden. Er nahm aus seinem Pinselsortiment sich einen Pinsel und strich das Weib, sie sinnlich zu gestalten, mit dieser Paste ein.

Jedoch statt eigentlicher Wirkung begann die Haut der Frau sich pustelartig aufzuwerfen, und rote Striemen, gleich seines Pinselstriches, bedeckten ihren Leib.

"Du mußt des Teufels sein", sprach Timpel anderntags zur Babe.
"Mein Weib sieht aus, als sei sie pestbefallen. Gib mir ein Kraut,
sie davon zu befreien!"
Die Babe lächelte und gab dem Mann ein neues Tiegeltöpfchen.
Isolde lag daheim, besät mit häßlichen Geschwüren, und das
erbarmte Timpel so, daß er die Hand der Frau ergriff, sie küßte.
Sodann begann er ihren Körper mit neuer Salbe zu bestreichen.
Im gleichen Augenblick, ihm unter seiner Hand verschwand die
Schwellung.
Er rieb und rieb und rubbelte noch, als schon sein Weib wie
vormals schön und glatt auf ihrem Lager lag. Und plötzlich kam,
mit einem Mal und unerwartet, sein Begehren.
Er legte sich zu ihr, und weiter ihren Leib liebkosend, schob er
sich in sie rein.
Die Kräuter-Babe braute noch manche Krafttinktur, versetzte sie
mit Paste, bot sie am Markte feil.
- Doch Malermeister Timpel bestrich des Weibes Leib ab diesem
Tag mit Rosenöl und war und blieb, solang er lebte, ein Mann.

Die Herberge

An einer Straße, die gen Süden führte, stand viele Jahre lang ein Haus, das zu dem Zweck geöffnet war, des Weges Reisende zu bergen.

Georgeo besorgte dies, ein junger Mann mit rundem Kinn und guten braunen Augen, der sich so manchen Reim auf manches machte, was ihm so unterkam. Er sprach nicht viel, denn meistens gab es nichts zu sagen, so sehr beschäftigt mit sich selbst war, wer bei ihm die Nacht verblieb.

Er hatte sieben Räume in seinem Haus, wobei der schönste mit dem Blick zum Weiher, nur solchen Leuten vorbehalten blieb, die ihm sympathisch waren.

Nun, einmal ging ein Mann, Tantan, mit seiner Frau Algene, zu der er nicht in Ehe stand, auf Reisen, die über diese Berge führte. Tantan, als junger Mann beliebt bei Frauen, von hohem Wuchs und kindlichem Gemüt, leicht welkend nun und nicht mehr von dem Zauber, der ihn dereinst umgeben hatte, sah sich gefunden von Algene, ihm altersgleich an Jahren, mit ihr Gemeinsamkeit zu haben. Er aber dachte sich so manches Mal, daß ihm ein junges Ding an seiner Seite wohl besser zu Gesichte stünde, und ließ die Blicke schweifen, im Sinne, dieses zu finden.

Algene ihrerseits, schon einiges erfahren und reif geworden durch die Zeit, besah beschämt sein Treiben, jedoch um nicht allein zu sein, nahm sie die Kränkung hin. Sie trug in sich bewahrt Erinnerung an einen Mann, der ihr, obgleich die Wege sie nicht zueinander führten, das Wissen um die Liebe gab.

Georgeo, dem Mann in sonderbarer Weise ähnlich, bot nun dem Paar die schönste Stube an. Doch Tantan schien das übertrieben, ein Kämmerchen tät' hier genügen, und ging sodann ein Gläschen Weines noch zu trinken ins Wirtshaus nebenan.

Betrübt, den Mann erneut so lieblos zu erfahren, begab Algene sich zur Ruh. Da kam mit frischen Tüchern Georgeo. Er reichte ihr die Hand, und sie strich ihm darüber, und langsam sank sein

Kopf zu ihr, schloß sich sein Mund mit ihrem. Und Liebe war's in seinem Blick.

Am andern Tage sollte nun die Reise weitergehn. Tantan war guter Dinge. Algene dankte der gehabten Zeit und ging, nach einem Gruß, die Wege ohne ihn.

- Alleine blieb Georgeo.

Braman der Krieger

Vor vielen Jahren war mal eine Zeit der Kriege. Die Männer starben reihenweise, und Braman führte sie. Braman war groß und stolz mit wichtigen Gebärden, und wo er auftrat, seinen Säbel schwang, war eine Schlacht geschlagen, bevor sie noch begann. Unweit des Lagers, in der Stadt, gab es ein Freudenhaus, in dem die Krieger sich zu kleinem Preis vergnügten, mit Frauen, die es käuflich gab.

Vor jedem Kampf am andern Tag benötigte der Krieger, um Kraft zu haben für die Schlacht, Befriedigung der Glieder. So wies er immer dann den Burschen an, ihm eines jener Mädchen zu besorgen.

Auf seinem Bärenfelle liegend, entblößt das Genital, ließ er von ihren Mündern sich umschmusen, bis es vorüber war. Und jedes Mädchen gab sich redlich Mühe, den Krieger zu beglücken, denn hoch belohnt war, wer gekonnt ihm diesen Dienst erwies. Sie zu besitzen allerdings, wie sonst ein Mann ein Weib, daran war Braman nicht gelegen.

Nun, einmal war vor einer Schlacht im Freudenhaus ein Fieber ausgebrochen, bei dem es ratsam schien, Geschlechtliches in jeder Art zu meiden. Da sprach der Bursch in seiner Pein die Schneiderswitwe an, die, wie er wußte, sich in finanzieller Not befand, dem Krieger gegen ein Entgelt die Zeit vor seinem Kampfe zu vertreiben.

Marina, eine Frau, die ihren Ehemann verloren hatte durch eine tragische Begebenheit, war schön wie keine ihresgleichen. Sie hatte Augen, bernsteinbraun, und Lippen wie zum Küssen geschaffen, war weiblich rund und duftete an jedem Tag, verstand sich drauf, in Farbe froh und in Form sich passend zu bekleiden. Dazu trug sie das Haar gewellt, brünett bis zu den Schultern.

Nun war Marina dieser Mann, zu dem sie da gebeten wurde, nicht unbekannt, vielmehr verehrte sie den Krieger, und die Gelegenheit, ihm nun für Stunden nah zu sein, erschien ihr wie ein Wunder.

Braman sprang auf, als sie das Zelt betrat. Er zog sie ohne Frage sich auf sein Bärenbett, begann Knopf, Knöpfelchen, die Schleifen und die Ösen des Kleides ihr zu lösen, bis sie ihm nackend war. Und prächtig dieses Weib. Er drückte sie, beküßte sie, er legte seinen Kopf ihr zwischen die Beine - und wie in wildem Taumel dann ließ er sich auf und in sie gleiten.

Der Kampf war gut am nächsten Tag. Zurückgekehrt von seiner Schlacht, hieß Braman seinen Burschen sofort zum Freudenhaus zu eilen, ihr wunschgemäß dies mitzuteilen, daß er sie neuerlich beschlafen werde.

Marina kam, jedoch sie sprach:

"Mein Krieger, nein. Die Liebe und der Krieg sind mir nicht zu vereinen."

Der Kampf am nächsten Tag war hart. Den Krieger traf des Widersachers Säbel. Und schwer verletzt trug man den Mann auf einer Bahre zurück zu seinem Lager.

Marina, dies erfahren, lief, den Krieger aufzusuchen. Sie nahm ihr Tuch, bedeckte seine Wunde, sie wiegte ihn, sie liebte ihn - und ihn in ihren Armen haltend, schlief er für immer dann.

Der Theobald

In einem Monat Mai verliebte sich ein Mann einmal in eine Maid. Sie trug den Namen Wanja, der Mann hieß Theobald. Gleich küßten sie, bald schliefen sie zu zweit. Und als das Mädchen schwanger wurde durch Theobald, den Mann, beschlossen sie, sich ehelich zu binden.

Im Jahr darauf, das Söhnchen war geboren, entstand das Töchterlein, und Glück auf Glück, aus zweien wurden Viere.

Nun war im Ort in jedem Jahr ein Tag des Karnevals, zu dem man Sachen trug, mit Farbe sich beschmierte, wie's sonst nicht üblich war. Oder ganz einfach ausgedrückt, man zog sich eine Maske über, um den Bekannten unbekannt zu scheinen.

Da sprach der Theobald zu seiner Frau:

"Wanschi, ich hätte Spaß daran, mich zu verkleiden. In Liebe bin ich dir, jedoch ich glaub', es nähme keinen Schaden, sich zu beweisen, daß man begehrlich blieb."

Und traf nun die Entscheidung, es sei da nichts dabei, wenn er mit ihr, getrennt von ihr, sich amüsiere.

Am nächsten Tag war Karneval. Der Mann bestülpte sich mit einem Hut, die Frau trug Flitter, und so begab das Ehepaar sich nun zum Maskenball.

Es wurde wild getanzt, laut musiziert. Der Theobald bot allen Charme, trat mal an diese, mal an jene ran, und köstlich war's, wenn so ein Kind ein Küßchen ihm riskierte.

Und da geschah's: Ein junger Mann stand so herum mit tiefen grünen Augen, und Wanja hing ihr Herz an ihn.

Am Tag danach war dann der Spuk vorüber, nicht aber Wanjas Neigung. Bald traf sie heimlich sich mit diesem Mann, bald waren sie im Innersten sich einig. Und Theobald tat gut daran, die Augen zu verschließen.

Die Frau war bemüht, die Kinder nett, die Ehe schien gelungen, bis eines Tages Wanja zu dem Ehemanne sprach, daß sie den andern liebe.

Nach ein paar Wochen war geschieden, und auch die Liebe war dahin.

Für sich allein verbrachte Wanja nun die Zeit.

Der Theobald jedoch nahm sich ein neues Weib und lebte seine Tage mit ihr wie ehedem.

- Und wenn im Ort der Karneval regierte, die Leute, weil's so Brauch, sich in Kostümen amüsierten, war mit von der Partie der Theobald.

Fabrizio, der Fabrikant

Es liebte mal ein Fabrikant, nicht wissend, daß er liebte, das Mädchen Gruschenka. Sie war die Tochter eines Wirts, bei dem er seine Speise nahm, da er noch unvermählt, somit alleine war. Er sah ihr gerne zu, der Gruschenka, wie sie, geschnürt in enges Mieder, mit leichtem Schritt und flinker Hand die Arbeit tat, doch ihr den Hof zu machen, so wenig ebenbürtig ihm das Mädchen war, verbot ihm der Verstand.

Fabrizio war schön und von der Art ein Mann, der breit gespreizt zum Sitzen kam und männlich sich bewegte. Geerbt das Holzgroßhandelsunternehmen seines Vaters, war er geschätzt im ganzen Land, und viele Töchter vieler Väter erträumten ihn zum Ehemann. Fabrizio jedoch war alle Zeit gegeben, die Rechte abzuwarten und fühlte sich, von Gruschenka an jedem Tag umgeben, bald besser dran als jeder Ehemann.

Gruschenka litt die süße Qual, sich von Fabrizio geliebt zu wissen, doch ihm die Liebe zu beweisen, fehlte ihr jeder Grund. Da wuchs in einem Sonnenjahr einmal die Rebe einer Traube, die lang genug gekeltert, zu einem Moste wurde, der jedermanns Gefühl, davon getrunken, ins rechte Licht rückte. Gruschenka war die Wirkung des Weines bald bekannt, und sie verwahrte sich ein Fläschchen, es mit Fabrizio dereinst zu trinken.

Nun, eines Tages hörte sie, daß sich der Fabrikant alsbald vermählen werde mit einer Frau Konstanze. Am Abend vor dem Hochzeitstag nahm Gruschenka den Wein und ging zum Hause des Fabrizio, mit diesem darauf anzustoßen, daß er zum Ehemanne werde.

Fabrizio ließ Gläser bringen, nahm nah dem Mädchen Platz. Und ihm verschwomm schon nach dem ersten Schluck das Auge, und Tränen kamen ihm, so heiß und plötzlich war ihm klar, daß er Gruschenka liebte. Er schloß sie in die Arme und hielt sie dicht an sich gepreßt die ganze Nacht.

Die Hochzeit tags darauf verlief in Schweigen, und großes Pech erfuhr der Fabrikant durch seine Frau Konstanze, die keinen Segen ihm in seine Ehe brachte. Und die Geschäfte liefen schlecht und immer schlechter, bis dann das Holzgroßunternehmen am Ende war.

- Gruschenka führte nach dem Tode ihres Vaters das Gasthaus fort mit ihrem Sohn, der groß und schön zum Ebenbilde seines Vaters herangewachsen war.

Der Bauer Bösel

Als es einmal im Paradies an Seelen mangelte, da viele Leute ihre Zeit, die sie auf Erden hatten, damit vertaten, sich sinnlos zu bereichern, beschloß der Herr, die Welt in umgekehrter Richtung zu bewegen. Und dieses war von der Bedeutung, daß alle Menschen ab dem Tag nicht älter, sondern jünger wurden, bis sie, zum Säugling dann geworden, sich in den Leib der Mutter schoben, somit ins Paradies gelangten. Denn jeder Mensch stammt aus dem Paradies.

Und manche Grabesstätte tat sich auf zu jener Zeit und brachte Greise wieder, die ihre Seelen schon verloren hatten. So auch den Bauer Bösel. Sein Leben hatte er verbracht in Starrsinn alle Tage, und viele Äcker Land hatte der Mann besessen.

Dem Grab entstiegen, lief er heim. Sein altes Weib, die Tunika, stand da beim Herd und kochte, und Bauer Bösel setzte sich zu Tisch. Im nächsten Jahre waren die Frau und er verjüngt um eben dieses Jahr und weiter so, bis zu dem Tag, als Bauer Bösel sie zum ersten Mal begehrte.

"Mein Weib", sprach da der Mann, "wir sollten es probieren, ob unsre Körper funktionieren." Und sehr erregt und heftig auf und ab tat er's mit seinem Weib.

Dann kam die Zeit, da ihre Tochter Resi zu einem Säugling wurde, an ihrer Mutter Busen sog, sich eines Tages in sie drängte, sie prall zu einer Kugel formte, in ihr verblieb. Und Bauer Bösel fand sein Weib sehr unbegehrlich. Doch bald schon nahm ihr Leibesumfang wieder ab. Und eines schönen Tages, bei einer hitzigen Begattung, floß Resis Same in den Vater über.

Die Tunika war schön, und Bauer Bösel liebte sie von Stund zu Stunde mehr, bis er in Achtung vor ihr stand, ihr Blumen gab und Schmeicheleien sagte, mög' sie nur erst die Seine sein.

Es kam der erste Kuß und kurz darauf der Tag, an dem sie sich begegneten. Davor nun allerdings war wenig, nur Elternhaus und Kind zu sein. Und justament an diesem Tage, als Bauer Bösel, zu einem Baby nun geworden, sich durch den Leib der Mutter ins Paradies schieben wollte, war jene Zeit vorbei, in der die Welt in umgekehrter Richtung sich bewegte. Ein Knabe ward geboren.

- Wie allerdings der Bösel sein Leben diesmal lebte, ist nicht bekannt.

Malwine

Sie hatte etwas Zierliches und überaus Manierliches und war, im Innersten des Wesens kompliziert, aus diesem Grund wohl auch ohne Ehemann geblieben. Denn wenn ein Mann in ihre Nähe kam, ihr gar Avancen machte, war es ihr eigen, Brüskierung zu zeigen, obgleich den Wunsch sie allzeit in sich hegte, wie jede Frau vermählt zu sein.

Malwine, 44 Jahre alt, war keinesweges häßlich, ein wenig schrullig freilich gab sie sich. Sie hatte die Gewohnheit, bei jedem Satz zu lachen, der ihr von den Lippen ging, den Worten damit einen Schein von Plattheit zu verleihen und, dem sie galten, damit auszudrücken, daß sie sich ziere, so zu formulieren.

Nach vielen Jahren unerfüllter Zeit war es der Frau gegeben, den Sinn in ihrem Leben darin zu finden, in Fingerfertigkeiten sich zu verwirklichen.

Sie hatte Wolle aller Art und dicke, dünne Nadeln, die sie im Hin und Her bewegte mit Maschen ihrer Garne, aus denen Kleidungsstücke wurden, viel an der Zahl. Pullover, Jacken, Kleider, und auch den Mantel hatte sie gewirkt, den trug sie drüber. Und sehr genau nahm's die Malwine mit ihrer Reinlichkeit.

Es kam der Tag in ihrem Leben, da ließ sie nun die Wolle sein und ging mit andren Menschen zu einem Vortrag eines Redners, der über Sinn und Unsinn sprach.

Malwine saß in Nähe eines Mannes, der ihr auf Anhieb gut gefiel. Und durch die Worte animiert, normal sich zu benehmen, nahm sie die Dreistigkeit sich raus, den fremden Herrn zu sich zu laden am andern Tag zur Essenszeit.

Sie kochte erst die Suppe, danach flambierte Putenbrust, verziert mit grünen Erbsen, dazu den Butternudeltopf, den sie von Mutter wußte, und Himbeercreme zum Dessert. Sie gab dem Tische obenauf das Porzellan, das Silber, befeuchtete den Raum mit frischem Duft, stellte die Kerzen auf.

Es wurde neun, es wurde zehn, es wurde zwölf. Die Kerzen waren abgebrannt. Da kam der Mann.

Sie bat ihn höflichst einzutreten, servierte ihm die Speisen. Und als es ihm geschmeckt, er laut gerülpst und alles aufgegessen hatte, bedankte sich der Mann und ging.

Malwine setzte sich zum Stricken - die Maße hatte sie im Sinn - und strickte, strickte, strickte noch in der gleichen Nacht dem fremden Mann ein Meisterwerk, einen in seiner Machart unvergleichlichen Pullover.

- Er trug ihn viele Jahre lang.

Die Schuschu

Bei einem Bach, von saftig grünen Wiesen umgeben, lag einmal eine Mühle, betrieben von Schuschu.

Schuschu war eine Zauberin und hatte Spaß daran, das Männervolk mit ihrem Zauber zu belegen.

Selbst nicht mehr ganz die Jüngste, machten ihr nur die Knaben Spaß mit knackig runden Hintern, die vormals noch mit keiner Frau zusammen waren, denn das Erlebnis dann, so wußte sie, war bleibend diesem von Bedeutung. Und wenn in Unschuld so ein Knabe um einen Sack des weißen Mehles kam, ward er von ihr, zu einem Schluck gerufen, im Turme ihrer Mühle verführt.

Sie hatte lange Zeit mit allerlei Besprechungskunst und Zauberkraft an dem Getränk gebastelt und dann ein solches sich kreiert, das ohne Willen Wollen brachte. Kurz eine Zeit die Wirkung abgewartet, zog sie den Mann erst aus, dann sich aufs Kanapee, hob ihre Röcke hoch, setzte sich drauf. Und sachte ihn in sich bewegend, erlag der Mann.

Da kam einmal in ihre Mühle, um von dem Mehle zu besorgen, der Herr Oktan. Die Schuschu ritt der Teufel, so vornehm dieser war, ihn zu gebrauchen. Sie gab ihm Glas um Glas, trank selber von dem Kraut, doch eine Wirkung dieses Mal blieb aus. Nach ein paar Worten ging der Mann. Schuschu war übel dran, so sehr saß ihr der Saft im Blute.

Die Mühle lief, das Mehl war weiß, und viele Käufer kamen - nicht mehr der Herr Oktan.

Der Philosoph

Ein Philosoph einmal, der viele Werke, manche Schriften schon verfaßte, betreffend die Moral, vermählte sich mit einer Frau, die 30 Jahre jünger war. Die Frau gebar ihm sieben Kinder, darunter viere Töchter waren. Diese erzog der Philosoph im Sinne seines Denkens. So war es ihnen untersagt, mit Männern oder Knaben Kontakt zu haben, denn die Befürchtung bei ihm war, daß diese sie verführen könnten.

Die Älteste hieß Melodie und war begabt, die Tastatur zu schlagen; und jeden Sonntag gab es ein Konzert im Hause des Gelehrten, zu dem auch Gäste geladen waren, den Abend der Musik. Der Vater sang Balladen, die Mutter saß gerührt, und Melodie, die Tochter, begleitete den Bariton auf dem Pianoforte. So ging das viele Jahre. Dann kam der Tag, da war der Philosoph ein alter Mann mit weißem Haar und fand, nun sei es an der Zeit, vom Alltagsleben Abstand zu nehmen, beschloß auf Reisen zu gehn. Die Mutter gab das Melodiechen dem Vater mit.

Sie fuhren nach Palermo, nach Padua und Pisa, und schließlich machten sie am Gargano Station, verbrachten dort den Winter. Und Melodie, das Seelchen, versah den Vater gut.

Nun eines Nachts einmal erbat der Vater sich, da es ihm kalt am Körper war, des Mädchens Nähe, ihn zu wärmen, und Melodie, was war daran, schlüpfte zu ihrem Vater. Er dehnte sich und reckte sich und fühlte jung sich in den Gliedern.

Am andern Abend ebenso, und lange war's nicht hin, da drang der Vater in sein Tochterkind, erklärte ihr die Liebe. Und Melodie verstand ihn ach so gut, den Vater. Bald war ihm jeden Abend kalt, und ihr war warm an jedem, bis dann im Monat drauf der Melodie die Tage blieben, das Melodiechen schwanger war.

Da dachte nun der Philosoph, dies sei das furchtbarste Verbrechen, das es auf Erden gab, ein Kind mit seinem Kinde zu haben, und hörte hier und hörte da, bis er den Doktor fand, der illegal die Liebesfrucht der Tochter gewaltsam nahm.

Der Vater starb. - Und Melodie war leergeheult und ausgebrannt ihr Leben lang.

Das Mädchen Irmela

Es stand am Fenster ihrer Stube das Mädchen Irmela und putzte diese, als da ein Mann vorüber kam, ihr Diener machte. Es war ein Spaß, mehr war nicht dran, und kurzer Hand, was soll's, sie ging mit ihm spazieren, dem fremden großen Mann. Zu sagen gab es nichts, da waren sie zu unterschieden. Sie tranken ein Glas Sprudel in einer Waldwirtschaft und liefen über Wiesen. Dem Mädchen war es klar, daß dieser nicht der Mann fürs Leben war, doch tat sie ihm possierlich.

Sie machte Quatsch, sprach dies und das, die tollsten Dinger, daß ihr ein Liebster warte, den es nun gar nicht wirklich gab, erzählte Liebeseinzelheiten, die nur in ihrem Kopfe existierten, und plötzlich hielt der Mann am Wege inne, zog sie in das Gebüsch. Das Mädchen schrie, das Mädchen flehte, er möge sie in Ruhe lassen. Es war zu spät. Er tat es mit Gewalt.

Und wie betäubt und blutend lag Irmela, das Mädchen, da. Der Mann war fort. Ein neuer kam und viele noch danach.

Pepino Wundersam

Es war einmal ein Königstochterkind, das wurde heiß geliebt von seinem Königsvater und von der Mutter Königin. Sie hieß Samanta und war schön wie Samt und Seide.

Für die Prinzessin sollte nun, da sie bald 18 Jahre wurde, ein Ehemann gefunden werden, der klug genug, an ihrer Seite die Ländereien zu regieren, war. So schlug man einen Anschlag an in jedem Ort, an jedem Zaune, der Mann, der die Prinzessin wahrhaft liebe, bekäme sie zur Königsfrau.

Und jeder Mann, ob klein, ob groß, ob dick, ob dünn, ob jung, ob alt, der unvermählt im Lande war, machte sich auf, im Königshause vorzusprechen. Es kamen ganze Scharen. Sie wurden, dort zu warten, in einen Raum geführt, der Reihe nach sodann zur Tochter der Königin, die auf dem Throne saß. Und jeder Mann fiel vor ihr nieder, so schön sie war, und stotterte und sprach, daß er sie-sie-sie-sie nur liebe. Samanta schickte alle wieder fort.

Da kam einmal ein junger Mann, Pepino Wundersam, der Fischer, den Kopf voll nur mit Phantasie, und nur zum Spaß kam dieser, da er mit seinen Freunden in Wette war, er würde ja, er würde nein, zur Königstochter vorgelassen sein. Er hatte Sachen an wie immer, war nicht einmal frisiert, doch als er dann Samanta sah, hielt er den Atem an.

"Nun", sprach das Königstöchterlein, "was ist's, was du zu sagen hast?" und dehnte ihre Augen, so viele dumme Männer waren schon da.

Pepino tat nicht lange rum und sprach:

"Gamana molo milium, sa bana sana sene. Mi meri di, mi meri du, mi mille, mille mene", und machte eine Pause dann, sprach weiter so, "du dilidulidöne".

Und er verbeugte sich.

Samanta war betört, so rein war, was er sprach, so herzerfrischend wunderbar, so grad heraus und ehrlich, und jedes Wort verstand sie ihm, daß sie ihn bat, er möge sich mit ihr vermählen.

Mit großem Prunk am andern Tag war Hochzeit.
Und bald darauf regierte, so lange, bis er starb, ein König
Wundersam das Land mit seiner Königin, der immer dann, wenn
es zu reden galt, mit Worten sprach von klarem Klang, unmiß-
verständlich - und er regierte klug.

Der Friedrich und die Lene

In gleicher Stadt, einander unbekannt, wuchsen sie auf, der Friedrich und die Lene. Der Friedrich war des Bürgermeisters Sohn, die Lene Waisenkind. Zum ersten Male sahen sich die beiden, als Prozession im Orte war, einmal zur Osterszeit. Die Lene trug ein weißes Kleid und in der Hand das Bildnis der Maria. Und später dann, ein zweites Mal, im Blumenladen, wo Lenchen Arbeit fand. Es dauerte nicht lange, da waren sie ein Liebespaar. Sie schmusten sich, wann immer sie sich trafen, und immer mehr wollte der Mann, daß Lenchen alle Mühe hatte; denn eines war ihr wichtig, so sollte es erst richtig in ihrer Hochzeitsnacht geschehn.

Es ging ein Jahr, ein nächstes auch vorbei, und sehr vertieft war ihr Gespiele, fast alles war schon da an Zärtlichkeit, nur nicht, noch immer nicht, daß sie ihn in sich ließ.

Bis eines Tages dann es doch passierte. Sie lagen in der Wiese. Der Friedrich drängelte gar sehr, tat ihr die Beine breit, schob ihr am Höschen - und sie verlor den Überblick. So brachte es die Lust mit sich, daß sie entjungfert wurde. Und da es nun schon mal geschehen war, so taten sie es wieder.

Da hatte eines Nachts die Lene einen schönen Traum, den viele Mädchen träumen, den Allermädchentraum, daß sie mit dickem Bauche liefe und selig sei dabei.

Und aufgewacht kam ihr nun die Idee, sie werde dies, so wie's im Traume war, dem Friedrich so erzählen.

Sie gingen Hand in Hand. Es fing zu tröpfeln an. Die Lene kreuzte sich die Finger, im Sinne von "es gilt nicht", und sprach den Friedrich an.

"Mein Friedrich", und sie lachte nicht, "mein Friedrich, oh verzeih" und druckste rum, dann war's heraus, daß sie jetzt schwanger sei.

Da zog der Friedrich seine Hand und wandte sich zum Gehn, von ihm sei dieses Kinde nicht, und ließ das Leneken im Regen stehn.
- Ihr hatte gut geträumt.

Subaro Eberding

Es wurde mal ein Mann zu Grabe getragen, der sich sein Leben selber genommen hatte. Subaro Eberding.

Subaro lebte, bis er starb, bei seiner lieben Mutter in einem Haus mit Garten. Er war von großem Körperbau und massig starken Gliedern, doch sein Geschlecht, im Gegensatz dazu, war ihm in einer Weise klein geraten, daß er zeitlebens damit haderte.

So stand Subaro, als es an der Zeit für ihn gewesen wäre, mit einem Mädchen sich zu binden, nur mutlos vor dem Spiegel, sah sich die Schmächtigkeit genauer an, auch freilich etwas größer dann, doch schien ihm aussichtslos zu sein, sich liebesmäßig zu beweisen. Dies wurde ihm zu dem Komplex, daß er mit 26 Jahren noch immer ohne Mädchen war.

Da zog ins Nebenhaus des Mannes mit der Mutter ein Elternpaar mit Kindern ein. Er, Herr Pavese, Postbuchhalter, sie, Jett, seine Frau. Sie wusch die Wäsche für die Kinder, hing sie im Garten auf, und es kam der Tag, an dem sich Eberding und Jette trafen. Sie sprachen ein paar Wetterworte und daß die Rosen nicht so wüchsen in diesem Jahr und dies und das über den Zaun. Und Eberding stand aufgeregt bis in die Zehenspitzen, so sehr gefiel die Jette ihm. Bald gab es öfter mal ein Schwätzchen, dann den Tag, an dem die Jette ihn in ihre Stube bat, ihr was zu richten.

Bei einem Gläschen Alkohol zur Stärkung, sehr vertraut, erzählte ihr der Mann, der Jette konnte er das sagen, daß er in Zärtlichkeit mit einer Frau noch nie gewesen wäre, da ihm, und er benannte es beim Namen, sein Dingens etwas zu kurz geraten sei.

Die Jette war betroffen, jedoch so schlimm nun konnte dies doch wieder auch nicht sein, riet ihm, es einfach zu vergessen, riet ihm, ein Mann zu sein.

Subaro war ein neuer Mensch. Er schob der Jette Blumen zu, versteckte Komplimente, und sicherlich, sie mochte ihn.

Dann, eines Tages mal, erklärte ihr der Mann, daß ihm sein Leiden wohl von Nebensächlichkeit und nicht mehr wichtig wäre, wenn er nur einmal eine Frau besäße, nur einmal dieses erführe. Und sie besprachen sich.

Sie zog sich aus am Vormittag. Die Kinder waren fort, der Ehemann zur Arbeit - und es ging schnell, war schön zugleich, und daß bei ihm da irgendwas nicht stimme, schien ihr nicht spürbar zu sein.

Die Jette war vergnügt den ganzen Tag, summte sich Liedchen, und wenn sie Eberding im Garten sah, wie er gebeugt nun lief, hatte sie keine Ahnung.

Der Ehemann kam heim, die Kinder. Sie lachten, quietschten, machten Ringelreihn, und Jette hatte Spaß am Leben.

- Er hängte sich am Apfelbaum im Nebengarten auf.

Der Berg

In einer Überlieferung fand sich einmal der Hinweis, es sei ein Berg, im Tal des Lebens gelegen, von einem Menschen zu besteigen, der Kraft und Stärke, diesen zu besteigen besäße; und ihn bestiegen, würde die Wüste fruchtbar sein.

Mit dieser Schrift vermochten nun die Schriftgelehrten nichts wirklich anzufangen, denn fruchtbar war das Land, doch war da Aramon, ein Prediger, der nächtelang studierte und schließlich eine Gruppe auserwählter Menschen rief, mit ihm zu ziehen zum Tal des Lebens.

Sie bauten ihre Häuser mit Stallungen fürs Vieh am Fuße dort des Berges auf, der sich unendlich hoch, gewaltig rauf in steilen Stufen zum Himmel zog, und niemand, so gigantisch wie er war, setzte auf ihn je einen Fuß.

Es starb der Aramon, auch seine Kinder. Die Menschen waren bös und übel ihre Zeit. Da kam ein Wesen auf die Welt, als Töchterchen der Eheleute Theron, das Mädchen Dinderlie. Und Dinderlie war so wie Kinder, bis sie erwachsen war. Dann sprach sie zu den Eltern, daß sie sich stark genug und auserkoren sähe, den Berg des Lebens zu besteigen, wie Aramon es hinterlassen hatte. Man schnürte ihr ein Bündel mit Käse, Brot und Wein, gab ihr den Segen mit der Stunde, schloß sie in die Gebete ein.

Und Dinderlie ging los. Sie setzte Fuß vor Fuß und Schritt zu Schritt, sah's nicht, wie weit, wie hoch die Stufen führten, lief. Am Abend nahm sie einen Schluck, aß von dem Brot, doch als sie kurz gewartet, ausgeruht, sich umgesehen hatte, zog es sie weiter hoch.

Nach sieben Wochen, sieben Stunden war Dinderlie am Ziel. Sie stand auf einer Art Plateau, nicht größer, als ein Platz zum Sitzen bot, doch ungleich schien die Zeit dafür nicht reif, vielmehr erschien dem Mädchen nun von Wichtigkeit zu sein, den Weg zu gehen, der drüberwärts zum Tale führte. So harrte sie auf dem Plateau nur einen Atemzug. Und eine Welle jubelnder Beglükkung erfuhr das Dinderlie; und als sie ihren Fuß nun abwärts setzen wollte, sah sie ein Silberkreuz am Wege liegen, graviert mit einem Herzen auf seiner einen Seite und einem D, wie Dinderlie, der gegenüber. Sie hob es auf, denn es war ihr's, und leichten Schrittes lief sie heim.

Die Leute wichen, sie zu sehn, so sah sie aus.

Und Dinderlie erzählte von einem Glaspalast, der ausgebreitet dort am Gipfel, nah bei der Sonne, stünde, und Gott daselbst in diesem säße. Und als sie davon sprach und so etwas erzählte, war alles wahr - und alle Leute waren froh.

Graf Havekofen und sein Diener

Tadeus Havekofen, Sohn eines Grafen, erging es, als er äußerlich zu einem Mann herangewachsen, sprich ausgewachsen war, nicht so wie sonst den Knaben. So fühlte er sich ungerührt in Gegenwart von Damen, auch wenn ansonsten diese die Männer irritierten, bei ihm geschah in dieser Richtung nichts. Bald war dem jungen Grafen klar, daß ihm Gefühle zu gleichgeschlechtlichen Personen kamen, und nachts war sein Begehr, so wenig passend dieses war, mit Knaben sich zu paaren.

Nun war in jener Stadt, in der Tadeus lebte, es ganz und gar unmöglich, dem Hang gerecht sich öffentlich zu präsentieren, und Havekofen nahm sich einen Diener in seine Dienste, ihn zu bedienen. Er bot ihm hohen Lohn, wenn er die Liebe mit sich spielen ließe, darüber stille schwiege. Dieser versprach's.

Erstmals befühlte er das Teil des Knaben, da war es wunderbar, doch eine Sehnsucht dann, es tief in sich zu spüren, veränderte das Leben des Grafen, vormals normal, total. Denn Rügen, dieses war des Dieners Name, verstand sich bestens darauf, den Herren am kurzen Zügel zu führen, der diesem bald verfallen war. So stand der Graf des Morgens auf, bereitete die Speisen, umsorgte und verwöhnte ihn. Und wenn sein Diener Rügen ihm wohlgesonnen war, ließ er sich ein mit ihm. So ging das, war es schrecklich, schön zugleich, für viele Jahre.

Da kam einmal ein Glaubensmann, von seiner Überzeugung zu berichten, klopfte bei Havekofen an, und Rügen bat ihn einzutreten, in der Manier des Grafen, ein wenig Spaß zu haben.

Sie setzten sich zu dritt. Der Mann sprach allerhand und Dinge auch, die Havekofen sehr berührten. So, daß ein Mensch mehrmals zu leben habe und daß es vorgekommen sei, daß mal ein Mann, beseelt von einer Frau, geboren ward und dieser es versäumte, bei Zeiten sich zu arrangieren, zeitlebens hoffnungslos ein Trottel war.

Graf Havekofen hörte gespannt den Worten dieses Mannes zu, und als die Sonne längst gesunken, die Nacht gekommen war, stand er von seinem Sessel auf, gab Rügen seinen Lohn.
Margitta, eine Köchin, versah ab nun den Haushalt ihm, und es gab gute Suppe - und übers Jahr war er vertraut mit einer Frau Sophie.

Der Sterngucker

Mit Sternen, deren Lauf und den Planeten, in welchen Bahnen, welcher Richtung dieselben sich bewegten, befaßte sich einmal ein Mann. Sein Name Isidor. Und sehr bemüht war er, denn viele Leute kamen, bezahlten jeden Preis, den Stand der Sterne zu erfahren, zur Stunde der Geburt, und was sich draus ergäbe für ihren Lebenslauf. Der Isidor nahm es genau. Er konstellierte, quadratierte, besah die Relation, die Kraft des Pluto in Bezug zur Venus, im siebten Haus den Mond.

Da kam einmal mit ihren Daten des Tages der Geburt das Mädchen Josefine zu Isidor. Vier Wochen dauerte das Rechnen, dann rief er sie. Er senkte seine Stimme, ihr Wohlklang zu verleihen, und bat die Josefine auf seine Chaiselongue.

"Es ist, ich seh's in deinen Sternen", sprach Isidor. "Du wirst sehr bald vermögend sein durch einen reichen Mann, und viele Kinder wirst du haben. Zuvor sollst du auf Reisen gehn. Jedoch von Schwierigkeit", sprach dieser dann, "wird lebenslang dir sein, dich offen hinzugeben, lustvoll ein Weib zu sein."

Und so wie Josefine saß, so war das so. Er legte seine Hand dem Mädchen auf den Schoß, ein wenig Übung tat hier not, und Josefine ließ die Hand gewähren, sah der Berührung zu.

Nun sprach der Mann, es fehle heute ihm an Zeit, es fehle heute ihm an Muße, sie möge anderntages wiederkommen zu einem Dämmerstündelein. Und fröhlich meinte Josefine, sie würde ihm beweisen, daß es, so wie's in seinen Sternen stand, nicht wirklich sei, sie würde es ihm zeigen.

Nun dieses Mal, am andern Tag, nahm Isidor sich Zeit.

"Man sollte so beginnen", sprach er und schob der Josefine das Röckchen hoch, und nackend runterwärts, nicht eigentlich genierlich, ließ sie es zu, daß er sie breitens legte auf seiner Chaiselongue, sich selbst die Hose zog und auf dem Mädchen sich plazierte. Er rieb sie sich, er rieb sie feucht, und schließlich nahm er sie. Und sicher war's, die Sterne lügten.

Der reiche Mann blieb aus, die vielen Kinder, auch eine wirklich weite Reise war diesem Mädchen nie geschehn.

Sie nahm sich einen Dackel, gab ihm den Namen Dicki, und als die Lebenszeit des dicken Dackis zu Ende ging, hatten die Nachbarn Welpen, sie einen neuen Hund.

Scholastika, das Hexenweib

Nordöstlich eines Dorfes, in dem die Menschen zitterten in Angst vor ihr, lebte Scholastika, ein Hexenweib. Sie war von böser Art, so glaubte man, und spukte rum, wann immer ihr danach zumute war. Doch ganz bestimmt an jenem Tag, an dem man ihr vor Jahren die Kinder nahm. Da zog sie grüne Sachen an, ging durch die Straßen, und alle Leute schlossen dicht die Türen und die Jalousien, sie nicht zu nah zu haben. Und die Scholastika begrinste ihre Angst, denn eigentlich war sie nicht wirklich arg. Erst war sie Ehefrau wie alle anderen gewesen mit einem braven Mann, doch dann geriet sie in Besitz des Hexeneinmaleins und übte dieses. Die Folge davon war, der Mann verstieß Scholastika, nahm ihr die Kinder.

Sie baute unweit sich ein Haus. Drumrum zog sie sich Pflanzen, die neben einer Wirkung heilender Natur, getrocknet, dann gebraten, verzehrt von dummen Menschen, diese zum Wahnsinn trieben, bei klugen, die's verstanden, dosiert sie zu verwerten, den Geisteszustand reifen ließen. Doch hüte sich ein jeder, lautete damals die Devise, die Pflanze zu genießen, denn einmal nur von ihr probiert, sei man ab dann in Gier nach ihr.

Swanhild und Jockerle, den Kindern, erzählte man, es war schon besser so, die Mutter sei gestorben.

Da wurde diesen der Vater krank im Kopfe und siechte hin, und's Jockerle und seine Schwester beschlossen, die Hexe heimlich aufzusuchen, ein paar von jenen Kräutern zu ergattern.

Swanhild, die ältere von beiden, nahm's Jockerl bei der Hand, und sie gelangten zu dem Haus der Hexe und in den Hexenbann. Rasch bückte sich das Jockerle, da ging die Türe auf, Scholastika erschien.

"Ei", sprach die Frau, und "schwuppdiwupp", sprach sie, verzauberte das Jockerle, Swanhildchen mit dazu, so daß sie reglos standen, wie angewurzelt mittendrin in ihrem Kräutergarten.

"Ich bin Swanhild, dies ist mein Bruder Jockerl", sagte das Mädelchen. "Die Mutter ist uns tot, und auch der Vater droht zu sterben, ich bitt' dich, gute Frau, gib uns von deinem Wunderkraut."

Scholastika ging in die Knie, es waren ihre Kinder, und Tränen kullerten aus ihren himmelblauen Augen. Sie löste die Verwünschung und pflückte einen großen Strauß, besprach, wie wenig, viel der Vater davon nehmen möge, küßte der Kinder Münder.

Der Vater war genesen. Und jedes Jahr, am Tag, an dem Scholastika zur Hexe wurde, man ihr die Kinder nahm, war großes Ramba-Zamba im Hexengarten. Swanhilde und das Jokkerle und viele andre Kinder kamen, und Kuchen gab's mit Brombeermarmelade und Margeritentee.

Die Insel Kakadu

Zwischen zwei Meeren lag die Insel, bewohnt von Tieren nur und einem Kakadu.

Da kam bei einem Sturm das Schiff der Königin ins Wanken, die Menschen fielen in den Strom. Es konnte sich ein Mädchen, Paradima, an einem Balken halten, wurde ans Land gespült.

Nachdem sie keine Kleider hatte, diese zu wechseln, zog sie die nassen aus, lief nackend, die Insel zu besehn.

Ein Paradies war das mit wilden Akeleien und Ginster, und Monscheischu wuchs auf den Wiesen. Ein Bach, dort trank sie ihn. Am Abend legte sie sich nieder, und morgens dann, danach, die Sonne schien, setzte sie Holz zu Holz zu einer Hütte. Dort lebte sie.

Es kam ein Boot, zehn Mann darin, die legten bei der Insel an. Es waren Räuberleut', grob von Statur. Und unter ihnen Ramon. Er trug den großen Hut mit Feder dran, die ihn zum Räuberobermann erklärte. Dazu war dieser den andern unterschieden in Sprache, Schönheit und Verstand.

Sie schlugen ihre Lagerstätte auf, zehn Meter weiter ihrer. Und als die Nacht verändert war durch eine Wolkenschicht, schlich Ramon sich zu Paradima. Sie fühlte ihn im Schlaf, süß war der Traum; und als er wieder ging, war dieser Traum geblieben. Am Tag darauf die Nacht, die nächsten Nächte, war wieder dieser Traum, bis sie einmal jäh in der Übernachtung, durch eine Ungeschicklichkeit von seiner Gegenwart erfuhr.

Und Paradima schrie um Hilfe, schrie. Und alle Räuber wachten auf und stürzten hin mit Keulen, erschlugen ihn.

Die Räuber wählten den neuen Obermann, schickten sich an, die Insel zu verlassen.

Ramon der II., Sohn seines Vaters, wuchs auf im Garten Eden.

- Und wenn die Welt sich nicht verändert hat, die Zeit geblieben ist, dann lebt er heute noch mit Paradima auf Insel Kakadu.

Der Volker und sein Vater

Mag sein, man wußte nicht zu jener Zeit, daß Kinder auch erwachsen wurden und tief in sich Erinnerung begruben, nachhaltig sie zu prägen.

Es war so üblich überall - mal fehlte es an Räumen, mal fand man es verschwenderisch, den Kindern eigens Zimmer einzurichten - mit Kind und Kegel nachts das Bett zu teilen.

Da waren ein Mann und seine Frau. Er sinnlich triebhaft, groß gebaut, sie angstvoll klein dagegen, ließ sie beschämt fast jede Nacht den Kraftakt mit und über sich ergehn.

Des Volkers Platz war neben seinem Vater, und wenn der Vater dachte, daß dieser schliefe, dann machte er sich breit auf seinem Weib, stieß zu und zu und immer wieder, sie hätte schreien mögen, schrie es nicht, der Kleine war ihr wichtiger.

Volker verließ das Bett mit 13 Jahren, verließ das Elternhaus.

Das erste Mädchen hieß Maria. Er liebte sie. Die zweite Edelgart, doch so wie Vater wurde Volker erst, als ihn auch Hilde-Trude verließ.

Ab diesem Tage war ein Weib für ihn ein Ding und hatte zu gehorchen.

Regine wurde seine Frau. Sie machten Kinder. und wenn er auf ihr lag, dann stieß er zu und zu, so wie der Vater.

Rita und Grete

Zwei Mädchen gingen mal spazieren, ein wenig Luft zu schnap-
pen an einem Feld vorbei, das voll in Blüte war. Sie liefen
querfeldein.
Da sahen sie den Burschen liegen. Es war ein schöner Mann, und
ohne Kleider dieser, braungebrannt. Er lag gespreizt ein wenig,
schlief. Den Mädchen stieg das Bild zu Kopfe; die eine dachte
sich, für einen Augenblick nur darauf sitzen, drübergleiten, das
wäre wundervoll. Die andre dachte ebenso. Sie losten aus, wer
erst, wer dann, die eine hielte ihn so lang.
Der Bursche schlief, und sachte machte die Rita die Beine auf,
setzte sich drauf. Ganz schnell, so war es schön.
Und als nun Grete, wie besprochen, die gleiche Stellung nehmen
wollte, sich auf ihn niederließ, ergriff der Mann die Hüften ihr,
hob sie leicht an, versank in ihr. Und ihr war so etwas noch nie
geschehn.
Natürlich wurde Grete schwanger, natürlich war das so, und als
sie nicht mehr ein noch aus, doch aber sicher wußte, daß dieses
Kind ein Negerbaby sei, da sprang sie von der Brücke.
Es wurde ihre Leiche herangespült vom Fluß bei seiner Bambus-
hütte, und Neger zog sie heraus.

Die Zwillingskinder

Sebastian Ottokar, mit Kosenamen Skotti, und seine Schwester
Annelie, wurden zur gleichen Stunde, im Abstand einer halben,
geboren. Wie Zwillingskinder glichen sie einander nicht, so war
er etwas größer, stärker, sie päppelich. Doch gleich und bis in
alle Ewigkeit fühlten sie füreinander. Sie aßen, spielten, schliefen
zu zweit. Es war, als wäre er auch sie und sie wär er.
Die Kinder wurden älter und fingen an zu spielen. Mal war er
Arzt, sie kranke Frau, mal er ein sehr Verletzter.
Pi-Po, so nannten sie es, so zu spielen. Sie wuschen, salbten,
cremten, verbanden das Problem, sie sahen nach, ob es genesen,
wenn nicht, es schmerzte so, versah das eine Kind das andere mit
einer feuchten Kompression, und weiter so und weiter so.
Pi-Po war unerlaubt zu spielen. Im Wand-Schrank spielten sie's.
Und wenn die Mutter schon mal kam, "was treibt denn ihr da
oben", dann riefen sie ihr runter, wie beispielsweise: "Domino".
Das Glied des kleinen Skotti wurde groß. Die Spiele fanden nun
am Speicher statt. Sie hatten dort die Wohnung. Ein Bett, ein
Tuch, dies abzuschirmen, und wieder waren da die tollsten
Phantasien.
Es war im Hotel und bitterkalt, kein Bett, kein Zimmer frei, außer
mit ihr, der fremden Frau eines zu teilen. Dann rutschte er zu ihr,
mit unter ihre Decke, erregte sich ganz fürchterlich, hielt sich
jedoch zurück. Und sie, sie dehnte sich im Schlaf und langte aus
Versehen hin.
Nun war es manchmal so, sie wachte auf davon, dann war das
Spiel beendet, doch meistens schlief sie weiter, und zaghaft er,
sie nicht zu wecken, war das die Wonne.
Oder sie spielten so, sie käme, gleiches Hotelgeschehn, mit ihm
das Bett zu teilen, legte sich neben ihn, und er im Schlaf griff
sie, es waren Brüstchen da, das Rund, und drückte es.
Doch eines Tages war es ernst. Skotti lag auf ihr drauf und tat
und bat und bettelte, und nur weil Annelie den Kopf behielt, war

er nicht drin in ihr. Und als sein Samen sich auf ihren Bauch ergoß, ein wenig ekelig, war dieses Spiel gespielt, für immer - sie waren keine Kinder mehr.

Der Luzifer

Huch, sah er furchtbar aus, der Luzifer. Die Haare wuchsen ihm wie Balken über den Augen, blutunterlaufen, und aus den Ohren traten sie heraus. Bekleidet war er nur mit Lumpen, und niemals wusch er sich.

Mit seinem Blick vermochte er Unheil zu stiften. So hatte er dem Raberzapp das Kind genommen, dem Diederich die Frau vergrault und bei der Witwe Zöttel im Garten Unkraut ausgesät, das tief im Erdreich sich verwurzelt hatte. Dem Luzifer war alles zuzutraun.

Er wohnte unten in der Schlucht, nahe dem Örtchen Schwelen, vom Stadttor links der Weg führte zu ihm.

Da eines Tags besuchte ihn der Wotan, schloß einen Pakt mit ihm, ließ er sein böses Treiben sein, sei ihm ein Wunsch im Guten offen. Der Luzifer, der lachte sehr.

Es saß ein Mädchen, blind, am Wegesrand und bettelte, und Luzifer gesellte sich dazu. Sie bat ihn freundlichst um Almosen - nun sicherlich, sie sah ihn nicht -, und Luzifer gefiel das Kind.

In gleicher Nacht kam ihm ein Traum, obschon er sonst nie träumte. Er saß, wie Adam, nackt, in einem Apfelbaum. Ein Seil, gespannt aus Draht, führte zu einem zweiten. Dort saß mit blondem Kopf sein Mädchen, wie Eva. Und Luzifer riskierte sich; er balancierte und wachte auf aus seinem Traum durch einen Sturz, da er den Tritt verfehlte.

Des Morgens dann rasierte er die Haare, wusch sich von Kopf bis Fuß, zog reine Sachen über und ging nach Schwelen, Gutes tun.

Er gab dem Raberzapp das Kind zurück, dem Diederich die Frau, und auch das Unkraut bei der Witwe Zöttel riß er mit eignen Händen raus.

Dann ging er Melanie, das Mädchen suchen. Sie saß am Straßenrand, wie jeden Tag, bettelte um Almosen.

Als Luzifer nun sah, daß ihn das Mädchen nicht sah, fiel ihm der Pakt mit Wotan ein, und er gelobte, nie wieder bös zu sein, könnte das Mädchen sehn.

Mit einem Schlage konnte sie es. Und da er frisch gewaschen recht manierlich und außerdem der erste Mensch in ihrem Leben war, den sie mit Augen sah, ging sie mit ihm und blieb bei ihm. - Und wenn da einer glaubt, es gäb' ihn noch, den Luzifer, sprich Teufel, dann hat der sich getäuscht.

Mutter und Tochter

Mathilde hatte einen Sohn und auch ein Töchterchen, mit der sie, als sie 16 Jahre wurde, ihr zum Geschenk, auf Reisen ging.
Mathilde war geschieden von ihrem Ehemann und fing danach erneut zu leben an.
Felix, ein Insulaner von hitzig sinnlicher Natur, dem Alter nach der Tochter näher, verliebte sich in sie, und Britta, eigentlich Bettina, sah dem mit großen Augen zu.
Nun hatten Mutter und Tochter beschlossen, in diesem Urlaub, nur zum Spaß und auch, man glaubte es, wie Schwestern sich zu geben, wobei Mathilde, klar, die Reifere von beiden war.
Dies ging so ein paar Tage gut, die Mutter blühte auf, die Tochter litt's, bis diese die Gelegenheit ergriff, dem jungen Manne es steckte, daß jene ihre Mutter sei, schon 38 Jahre wäre.
Felix ließ ab von der Mama, nahm's Töchterchen.
Allein um sich zu rächen, schlich sich Mathilde nächtens, Bettina schlief, aus ihrem Kabinett, traf sich mit Felix, ihm, und tat's - was ihr zuvor nie eingefallen wär' - gab sich ihm hin.
- Ab nächstem Tag und für den Rest der Urlaubszeit sah Frau Mathilde zu, daß ihre Tochter Britta nichts ähnlich Mittelmäßiges erfuhr.

Jungfer Kruse

Von einer Frau wird hier berichtet, und, ja, es war einmal ein
Dorf, bewohnt von hundertzweiundneunzig Seelen. Es hatte
einen Bäcker, Schreiner, Schuster und eine Meierei. Und in der
Mitte stand die Kirche. Der Pastor Mücke zelebrierte dort.
Ihn zu versorgen, war der Pastor mit Jungfer Kruse liiert. Sie
wusch die Wäsche, auch die peinliche, kochte das Essen ihm,
ordnete seine Kleidung. Und den Pyjama ihm, den hing sie in
den Wind, damit er nachts nach Sonne röche.
Wenn Gottesdienst, er Messe las, saß sie verzückt ganz vorne,
lauschte mehr seinem Auf und Ab der Stimme, denn dem nun,
was er sprach. Er war für sie der Inbegriff, im wahrsten Sinne
des Wortes der liebe Gott. Und Pastor Mücke, etwas bäuchlich,
fand es sehr angenehm, die Jungfer Kruse sich zugetan zu wissen.
Sie lebten nun bald vierzehn Jahre zusammen. Die Jahre hatten
sie geprägt. So war sie gut und klug geworden. Die Winkel ihres
Mundes liefen ihr im sanften Bogen nach oben, und ihre Güte
zeigte sich auch in dem Kranz von Fältchen in ihrem Gesicht.
Da kam von weit ein Frauenzimmer her, zog ein ins Haus dem
Pastor gegenüber. Rebecca hieß die Dame. Schwarz glänzend
trug sie lang das Haar, und jede Nacht, es glänzend zu behalten,
stand sie es bürstend drüben am Fenster.
Einmal, durch Zufall mehr, sah Pastor Mücke ihrem Treiben zu
und zählte mit, wie oft, mit welcher Liebe die Frau ihr Haar
bestrich. Am andern Abend, nun Gott ja, an jedem, sah er ihr zu.
Das Licht gelöscht, wie ein Primaner stand er da - wer konnte
das verstehn.
Nun einmal ging der Pastor Mücke, sich menschenfreundlich
einzureihen in das Gefüge der Gemeinde, durchs Dorf, kehrte im
Wirtshaus ein.
Rebecca stand am Tresen, füllte die Gläser voll, war animierlich
angekleidet, farblich staffiert und tief im Ausschnitt käuflich.

Ein Bier, der Pastor setzte sich. Das schwarze Haar, das schwarze Haar, es glänzte wunderbar. Nun ging der Pastor öfter mal was trinken, und nachts, danach, wie immer, schaute er rüber zu dem Fenster, sah ihr beim Bürsten zu.

Der Pastor trieb's mit dieser Frau. Es war, sie kam nicht eigentlich zu diesem Zweck, wenngleich nicht abgeneigt, vielmehr vergaß er dumm den Hut, sie brachte ihn.

Die Fische anzusehen, stand sie gebeugt, ein wenig keck, des Hinterteiles sich bewußt, vor dem Aquarium, und Mücke trat von hinten hin, schoppte den Rock. Und als er sich so grade an sie drängte, als sei dies unumgänglich, kam ausgerechnet Jungfer Kruse, mal nach dem Wohlbefinden des Herrn Pastors zu sehn, erbleichte.

- Die Jungfer hielt die Wäsche rein, kochte die Speisen, hing seine Hosen in den Wind, nur ihre Winkel des Mundes, die hatten sich gesenkt.

Hubertus Winter

Hubertus Winter, schon drei Kinder, ging fremd, verbrachte jeden Sommer, sich zu erholen, die Ferien auf Hiddensee. Er wohnte einquartiert, privat bei Fischersleuten, nahm auch das Essen dort.

Da ging er einmal so am Strand entlang, den Vögeln zuzusehen, und sah ein Mädchen stehen, nicht mehr ganz jung. Sie trug den Kopf voll blonder Locken und das Gesicht mit Sommersprossen. Und er schlich ihr, herauszufinden, wo sie wohne, nicht etwa zögernd hinterher. Sie war die Tochter des Professors und führte jedes Jahr, zusammen mit dem Vater, der Köchin, zwei Mamsellchen, sehr künstlerisch und elitär, Haus Sanddorn bei der Mole, und er quartierte um.

Dann war der Abend mit Musik und Tanz und Lampion. Hubertus stand ein Weilchen rum, dann schlich er sich in das Private. Und als sie später kam, erhitzt, sich schnell und ohne Licht, ja nicht einmal mehr wusch, zum Schlafen legte, war da der Mann in ihrem Bett, Hubertus Winter. Er tat das wunderbar und zärtlich, wissend, was Liebe ist.

Der Sommer ging zu Ende, es wurde abgereist, im nächsten Jahr, im nächsten Sommer würde es wieder sein.

Die junge Frau war schwanger, schrieb es in einem Brief. Schrieb, daß sie dieses Kind - auch wenn beileibe sie an so was niemals dachte - sich nehmen ließe, würde es ohne Vater sein, so daß Hubertus Winter die Frau, die Kinder verließ, sich mit der anderen zu binden.

Ein zweites Kind, ein drittes kam - und Krieg. Und Briefe dorthin von der Ersten kamen, daß sie das Leben ohne ihn, alleine mit den Kinder, auf Dauer nicht ertrüge.

Hubertus Winter ging zurück zu seiner ersten Frau. Reuig war er gekehrt. Kein Tag, an dem nun diese ihn nicht dafür strafte, daß er sie erst verließ, dann wiederkam. Und über seine Kinder mit der 'Schlampe' hatte der Mann zu schweigen, wegen der Schande.

Als dann noch Blindheit, grauer Star, im Alter ihm widerfuhr, da war es vollends dunkel, und stumpf und taub war er.

Der Ellerbrock

Gleich einem wilden Wundergarten lag da ein Reich vor vielen hundert Jahren inmitten der Erde mit sieben Sonnen, in dem nur Sanftmut, Frieden und Güte regierten. Und wer geboren wurde dort in diesem Land, nicht seiner Art entsprach, wurde verbannt, im andern Teile der Erde zu leben. So war die Welt bevölkert auf seiner einen Seite mit Menschen voller Mißgunst, Haß und Streit, hingegen drüben auf der anderen lebte Glückseligkeit.

Ein Mann, der in dem Sonnenreiche zu einem Mann geworden war, wurde ins Schattenreich verstoßen, da keine Liebe in ihm war. Und als er ging, nahm er sich einen Kiesel mit, von jenen, die dort am Wege lagen, für Wünsche frei. Mit diesem Kiesel in der Hand erwacht, wissend allein um seine Kraft, schwand ihm Erinnerung an alles, was vormals schon geschehen war. Der Mann stand auf und grub den Kiesel ein, baute darauf sein Haus. Die Leute nannten ihn den Ellerbrock, denn eine Elle war sein Stock, und was er aß, war das, was er im Walde brockte. Nur selten ging der Ellerbrock ins Dorf, und wenn er kam, dann nur, sein Schnitzwerk einzutauschen beim Krämer gegen Korn.

Da wurde einst sehr ungeliebt und ungewollt ein Kind geboren, gezeugt von einem Trunkenbold mit Ducken-Dolli. Das Kind, am Tage noch, als es geboren ward, legte die Frau, nur in ein Tuch gehüllt, im Walde ab, damit es stürbe.

Als Ellerbrock es fand, nahm er es mit und liebte es von Anbeginn. Er gab dem Mädchen einen Namen. Und Tausendschönchen war das Schönste, was es in seinem Leben gab.

Das Mädchen wurde groß, und es erlernte bald den Umgang mit der Elle. Dies war ein Ebereschenzweig, gebunden mit einem zweiten, der ausschlug immer dann, wenn sich am Boden drunter die Ader eines Wassers oder gar Gold befand. Und viele Adern Wasser lagen begraben.

Nun, einmal schlug dem Mädchen die Elle aus in Nähe eines Berges, und gleich darauf tat sich der Hügel auf, und sie stand mittendrin im Sonnenparadies. Und wie geblendet war das Kind, so wunderbar war alles, was es sah.

Der Ellerbrock, am andern Tag, als er erkannte, daß ihm das Kind verschwunden war, riß seine Hütte ab. Er wusch den Kiesel, rieb ihn rein, wärmte ihn in den Händen, drückte ihn fest an seine Brust und wünschte sich sodann, sein Tausendschönchen sei zurück.

- Und wie verschollen war ab diesem Augenblick der Ellerbrock vom Erdenschattenboden.

Die Alte und die Junge

In einer Droschke saßen sich einmal, in gleicher Richtung eine Reise unternehmend, zwei Damen gegenüber. Die eine alt, die andre jung. Die Alte sprach die Junge an, erzählte ihr das halbe Leben. Der Ehemann sei tot seit letztem Herbst, der Schwager krank. Die Frau von diesem, Schwester ihr, an Jahren älter, schon gestorben, nun, diesen Schwager pflege sie, zu diesem führe sie, er litte füßlich, hätte Schmerzen beim Gehn.
Nur eine Frage stellte die junge Frau, ob sie denn einen Schlüssel besäße, damit, jedoch dies dachte sie sich nur, der arme kranke Schwager mit seinen schlimmen Füßen sich nicht aus seinem Bette quälen müsse, die Türe ihr zu öffnen.
Da schossen nun der Alten Gedanken durch den Kopf, es gab so viel an Schlechtem, wie wenn, sie sah vor sich die Junge stehn, mit einem Hieb sie niederstreckend, den Schwager zu bestehlen.

Die Droschke hielt. Die alte Frau stieg aus. Die junge auch, dahinter. Die Alte drehte sich nicht um und lief, darauf gefaßt, es würde ihr geschehn.
- Die junge Frau ging einen andern Weg.

81

Der Stiefvater

In Oberkrottenbüttel lebte, nachdem ihr Ehemann verschieden war, allein mit ihrer Tochter, Frau Rosenberg. Sie war noch nicht in jenem Alter, da sie sich glücklich pries, den Liebesdingen gegenüber immun zu sein, und so vermählte sich die Frau, nach einer angebrachten Wartezeit, erneut mit einem Mann, der ihr, schon während noch Herr Rosenberg am Leben war, wohlwollend gesonnen war.

Herr Albert Schwitters, etwas bläßlich, fünf Jahre jünger als seine Frau, fügte sich bald in das gehabte Leben der Mutter mit der Tochter ein. Doch war, nach jahrelangem Sich-Bescheiden, die Frau nun doch zu haben, er ihrer körperlichen Nähe alsbald ein wenig überdrüssig, und so besann er sich, ein Töchterchen zu haben.

Felizitas, so hieß das Kind, war 11, als es zum ersten Mal in dieser Art geschah. Zum abendlichen Ritual gehörte es dazu, daß Schwitters, um dem Mädchen gute Nacht zu sagen, sich an den Rand des Bettes des Kindes setzte, die Wangen ihr bestrich. Nun, dieses Mal sah er ihr dabei tief in ihre Augen, und sie sog seine Kosung ein wie die verbotne Frucht, noch Kind, die Liebe zu erfahren.

Herr Schwitters, angeregt durch ihren Blick, rieb ihr den kleinen Bauch, ließ seine Hand ein wenig zitternd liegen über der Decke, bedrückte sanft das Mädchen. Danach ging er zu seiner Frau, hatte mit ihr die Nacht.

Das abendliche "Gute Nacht" wurde Felizitas zur Qual, vermochte sie doch nun die Mutter mit Klarheit nicht mehr anzusehn, doch war ihr wichtig jeden Tag, daß Vati kam.

Bald ließ er seine Hand dem Kinde unter die Decke gleiten, unter das Hemdchen ihr, und sie genoß, verbot sich dieses wieder, was seine Hand mit ihrem Körper trieb. Der Kuß, den er ihr gab, war der, den Männer Frauen geben, und als er ihr mit seiner Zunge zwischen die Beine ging, war sie nicht mehr sein Kind.

Herr Schwitters fühlte sich nicht schuldig, das Mädchen wollte es ja so, und Mutter Schwitters saß geduldig, gefaltet ihre Hände im Schoß, nun jeden Abend wartend da, bis es vorüber war, das arme Kind, sie wußte.

Herr Schwitters tat nie mehr mit seinem Kind, doch dieses jeden Abend, bis Töchterchen Felizitas einmal an Übelkeit, Erbrechen litt, sich nachts zum Zimmer der Eltern wagte und selber sah, wie Schwitters stöhnend auf ihrer Mutter lag, "Felizitas" sie nannte, und ihre Mutter sich darüber nicht beklagte.

Frau Schwitters starb im Alter von erst zweiundvierzig Jahren an einer unheilbaren Krankheit. Es war ein rasch sich wucherartig ausdehnendes, böses Geschwür, das ihr im Unterbauche zu nagen begann, sie mit der Zeit verzehrte.

- Felizitas verliebte sich, als sie erwachsen war, in eine Frau Larissa, lebte mit ihr, als sei Larissa ein Mann.

Professor Grünborn

Man denke sich, es gab mal eine Zeit, da waren Menschen lieber jung als alt. Es wurde Wert darauf gelegt, ja es war usus, mit allerlei verjüngenden Cremepräparaten Gesichtshaut und die Halspartien sich zu bestreichen, damit der Alterungsprozeß, die Spuren also des schon Erlebten, in dem Gesichte nicht zum Ausdruck kamen. Besonders Damen litten, wenn sich die ersten Fältchen bei ihnen bildeten.

Professor Grünborn, Mediziner, ersann die Kunst des Schneidens in Gesichtern, um Faltenbildung, Schlappendes, in einem Schnitt der Länge nach vom Haaransatz bis zu den Ohren zu spalten, den Überschuß ganz einfach zu beseitigen.

Dann, wieder zugenäht, sah eine Frau - dies unter uns gesagt - zwar glatt, doch fratzenartig aus, denn auch die Weichheit ihrer Lippen wurde gerafft durch diesen Schnitt, und wenn sie lachte, die Gestraffte, verlieh das Antlitz ihr ein schemenhaftes Grinsen. Professor Grünborn war alsbald berühmt und anerkannt im ganzen Land. Und scharenweise kamen sie, die Welkenden, daß Grünborn sie beschnitte!

Da wurde eines Tages er von einer Witwe konsultiert, die an den Runzeln litt, gebeten, die Fingerfertigkeit an ihr zu praktizieren. Professor Grünborn traute seinen Augen nicht, wie göttlich diese Frau, wie sie die Fältchen zierten, wie lieblich sah sie aus, nein, niemals, nie wollte er ihr das Antlitz ritzen. Sie wurde seine Frau. Seit jenem Tage nahm Professor Grünborn, um solches zu verrichten, kein Messer mehr zur Hand.

- Zum Glück verging der Trend der Zeit, die Damen wurden gescheit, trugen, wie ihre Männer, die Spuren des Erfahrenen stolz im Gesicht, mit hohem Kopf und eins mit sich. Und es war wieder so, wie ehedem, daß Menschen mit Falten mehr galten.

Onkel Fritzel

Ein Mädchen, Trallala, im Alter von zehn Jahren, die ihre Ferien bei der Cousine verbrachte, verliebte sich in ihren Onkel Fritzel. Der Onkel war ein imposanter Mann, begnadet Bilder zu malen, und daß nicht nur das Trallalachen den Onkel liebte, war klar. Ein halbes Leben, 25 Jahre, lag dazwischen, bis es dem Onkel geschah. Geburtstag war von seiner Schwester Tucki. Die Nichte trug ein rotes Kleid, darunter nichts, sprach es dem Onkel Fritzel, wie sinnlich sie darin sich um die Schenkel fühle. Ab diesem Tage liebte der Onkel die Nichte.

Der Onkel wurde alt, hatte nach seiner ersten Frau von seiner zweiten sich getrennt, lebte dann mit der dritten. Auch Trallala, die Nichte, war schon vermählt, geschieden, im Kopf verrückt geworden dran, und dann erkrankt an einem hautverzehrenden Syndrom, so daß sie sich besann, ihr Leben gründlich zu ändern. Sie setzte sich zum Malen, tat es dem Onkel nach, malte in bunten Farben mit leicht obszönem Pinselstrich und bat, als sie die ersten Bilder fertig hatte, ganz im Vertrauen den Onkelmann, ihr mitzuteilen, was er von ihren Künsten hielte.

Nun freilich nichts. Der Onkel schrieb ihr einen Brief mit klugem Rat um Schulung, und auch "um Himmels willen", schrieb er ihr, was würde wohl die Großmama zu solchen Schweinereien sagen. Und wie von selber angeknipst, begann nun Trallala erst richtig zu malen.

Ein Wunderwerk an Phantasie und Farbenpracht entstand, denn Trallala verstand sich drauf, ihr Wesen in ihre Bilder zu legen. Dem Onkel zu beweisen, daß sie nun auch das Handwerk Malerei verstand, notierte sie die Namen, die sie den Bildern gegeben hatte, auf einem Blatt Papier, schrieb ihrem Onkel Fritzel dazu den lapidaren Satz, ob er ihr wohl behilflich wäre, die Bilder zu veräußern.

'Latrinen-Klo-Bekritzeleien', kam es dem Onkel Fritzel, als er von Titulierungen wie 'Vaginella' las, dazu nun konnte er bei

Gott wirklich nichts weiter sagen, als eine Agentur ihr zu benennen, die sich mit dem Vertrieb von scheinbar Unverkäuflichem befaßte.

Es war ein schönes, großes Haus, in dem alsbald die Bilder hingen, und von fast überall, aus aller Welt kamen die Leute angereist, die Malereien von Trallala sich zu betrachten.

- Der Onkel Fritzel aber, da er das Innerste der Nichte so aufgefächert vor sich sah, malte nie mehr ein Bild.

Vanessa

Vanessa war ein Mann, nannte sich so, wenn er in Frauenkleidern ging. Man sah es ihm nicht an, daß er nicht war, wie andre Männer sind.

Von seiner Mutter erzogen, die Haß dem Ehemann gegenüber empfand, da er sie sitzen ließ mit ihrem Kleinen, erlebte Paul die ersten Kinderjahre, sich schuldig fühlend, von männlichem Geschlecht zu sein. Und so fing er mit der Pubertät sich an, so dann und wann wie eine Frau zu kleiden mit Stöckelschuhen, Strapsen, geschminktem, rotem Mund, und allem, was da sonst dazugehörte.

Die Mutter mit dem Sohne lebte in einer großen Stadt, wo Menschen unerkannt sich auf den Straßen bewegten, kurzum, es fiel nicht in Betracht, wenn Paulchen als Vanessa ging. Sie war ein stolzes Weib mit hoher Brust und fand für jedermann, der seine Augen ihr gerichtet hielt, sich unbeschreiblich begehrlich.

Als Paulchen 21 Jahre war, starb seine Mutter Klara, sprang aus dem vierten Stock, und so hielt Paulchen Ausschau nach einer Ehefrau. Es war Marie-Luise, die ihm das Jawort gab, nichts über seine Krankheit wissend.

Nun war bei Paulchen das nicht so, daß er versteckt in Wirklichkeit lieber als Frau geboren wäre, es war vertrackt, er war ein Mann, wollte als solcher gelten, doch alles in ihm schrie nach Anerkennung in Weibersachen und so die Liebe zu erfahren.

Nachdem Marie-Luise von ihres Mannes Schwäche wußte, verbot sie sich mit ihm das Bett. Sie lebten wie Geschwister, sie mochten sich. Und wenn, nach einem Ausflug verkleideter Natur, Paul angeregt und angetan zurück zu seinem Weibe kam, riet sie ihm nur, er möge selbst an sich Befriedigung verrichten.

Das ging so eine Zeit, bis Paul einmal in der Verkleidung als Dame eine Bekanntschaft machte mit einer Frau, die ihrerseits in Männerkleidern Furore machte. Lust war's und wilde Leidenschaft, wenn sie einander sahen, Vanessa und Gesine, verkleidet als Fernando, sich liebten.

Die Frau von Paul kam drauf, schrie Zetermordio. Zwar tolerierte sie, nicht eigentlich mit einem Mann vermählt zu sein, jedoch daß dieser sie mit einer anderen betrog, da spielte sie nicht mit. Paul und Gesine trennten sich.

Nur selten noch danach zog Paul sich Frauenkleider über, und wenn, ging er im Anschluß dran - Luise hatte nichts dagegen - sich Lustbefreiung zu beschaffen, in das Bordell der Stadt. Es war Frau Lima, die's dem Paulchen rieb mit ihren weichen Fingern.

Der Wassergeist

Im Müggensee bei Murthen lebte ein Wassergeist. Ihm war es auferlegt, so lange dort zu weilen, bis ihn die Liebe eines Wesens befreie.

Es war ein Mann wie du und ich, der gerne Fische fing, doch Spaß allein nur darin sah, die Tiere zu jagen, elendig sie verenden ließ, ohne sie zu verzehren. Da stieß der Oberwassergeist ihn eines Tages in die Fluten, verwünschte ihn.

Es kam ein Mädchen, Virgula, am See vorbei, ein Bad zu nehmen. Kein Mensch war weit und breit. Sie zog die Kleider aus, hing sie an einen Strauch. Und herrlich frisch war das kühle Naß.

Von unten sah der Wassergeist das Mädchen schwimmen, so schön und weiß, daß er sie inniglichst begehrte. Er schwamm ganz sacht, das Wasser kaum bewegend, dem Mädchen entgegen. Und da als Geist er für die Irdischen nicht sichtbar war, strich er ihr so, als ob's das Wasser wäre, über die Seiten.

Am andern Tag, die Sonne schien, lief Virgula erneut zum See. Und wieder kam der Geist. Sie öffnete die Schenkel weit, das Wasser, ja, so spürte sie's. Und dann, bei einem neuen Schwung, die Beine breitend, schob er sich dicht, berührte sie dazwischen. Das Mädchen fühlte köstlich sich, ihr war sogar für einen Augenblick, als schwänden ihr die Sinne.

Tags drauf war's wieder so, nur dieses Mal umfaßte er zugleich Virgulas Brüste, und sie ließ sich ihm niedersinken, vereinte sich mit ihm.

Zwei Tage später war es kühl, kein Tag ein Bad zu nehmen. Das Mädchen setzte sich, sah über die Wogen, ach, wenn's ihn wirklich gäbe, den Mann im See mit seiner zarten Weise.

Da tat die Wasseroberfläche des Müggensees sich auf und ihm entstieg ein Mann, trat Virgula entgegen.

- Nun ist das Märchen aus.

Hans Herbert König

Hans Herbert König, einst bescheiden, geriet einmal durch Protektion eines an Einfluß starken Mannes in eine Position, die ihn veränderte. Er wählte seine Worte mit Sorgfalt aus, ein jedes saß am rechten Fleck. Und seinem Aussehn gab er was von Blässe. Den Mund, im Gegensatz zur Stirn, die er in Falten warf, ließ er nach unten weichen und oftmals hatte man den Eindruck, daß ihm mit seiner Nase was nicht in Ordnung wäre, so blähte, sog er sie zusammen im Wechsel, zu einem Rümpfen, einer Art, als sei ihm der Geruch, der ihn umgab, nicht angenehm.

Auch, fand er, hätte alles um ihn her ihm ähnlich zu geraten, war aber, wenn dies nicht so war, sehr wohl bereit, ein Auge zuzudrücken, im Sinne wie "na ja, kein Mensch, auch er nicht, ist vollkommen", obgleich Hans Herbert König war's.

Mit Frauen, insbesondere den jungen, hatte Hans Herbert nichts im Sinn. Sein Streben zu gefallen, galt einzig seinem Beruf. Und wenn, nun gut, er war ein Mann, ihn dennoch mal Begierde überkam, trieb er's mit einem Kissen, oder die Brause tat's.

Hans Herbert König war im Lektorat eines Drucklegungsunternehmens tätig, setzte bei Niederschriften, Kommentaren, sich niemals täuschend, Interpunktion. Auch nahm er mal ein Wort heraus, ersetzte es durch neues, und er bewies, das mußte man ihm zugestehn, Verstand bei seinem Tun.

Da fanden sich einmal in seinen Unterlagen, diese zu redigieren, die Verse einer Unbekannten und trafen ihn ins Herz.

Hans Herbert räumte auf in seinem Leben, warf allen Plunder über Bord. Und als er damit fertig war, nach 730 Tagen, war er ein ganz normaler Mensch, Hans König.

Inge und Peter

Es wurde mal ein kluges Weib befragt von einem jungen Ding,
was Liebe sei, woran man sie erkennen könne.
Da sprach die Frau:
"Nun, stell dir vor, dein Liebster würde sterben, wie fühltest du
dich dann?"
Bei Hubert, ihrem Ersten, ging es ihr so, gedachte sie den Fall,
daß sie wohl traurig wäre.
Bei Gernot dann, das Unheil übertragen, wär' ich, das wußte sie,
als stürze alle Welt zusammen.
Allein bei Peter, den sie später fand, stellte sie keine Frage. Und
sie vermählten sich nicht.
Nach 35 Jahren Gemeinsamkeit ging nun das Paar einmal auf
eine lange Reise über den großen Teich. Der Dampfer hatte Leck.
Man ließ die Rettungsboote über Deck, für alle Frauen, die
Kinder.
Die beiden hielten sich. Da sagte er's zum ersten Mal:
"Ich liebe dich", und sie ihm "Ja".
- Dann sank das Schiff. Mit ihm auch Inge und Peter.

Das Dritte Reich

An Spitze eines Volkes emsiger Leute, für ihren Fleiß bekannt,
gelangte mal ein Mann, es zu regieren, der sich auf Massensug-
gestion verstand. Er trat im Öffentlichen auf mit Machtparolen,
erhobener Hand, sprach von der Rasse der Germanen, von deren
Wert über die Völkerscharen; und groß und blond wenn einer
war, jung und gesund, im Blute rein, von eben dieser Gattung,
verband alsbald mit seinem Führer ihn ein ebensolches Denken.
Wer aber dieses Blut nicht hatte, nicht arisch war, wurde von ihm
geächtet.

Es gab ein Volk zu jener Zeit, das ohne Heimat war, verstreut
auf aller Welt sich eingerichtet hatte. Von Ungeziefer sprach der
Mann, von einer Rasse diese seien, die nicht zu leben habe, und
säte in die Sinne der Menschen seines Landes den Samen Haß,
sie gälte es zu "konzentrieren", sie gälte es, verlangte er, voll-
ständig auszumerzen. Und keiner muckste sich.

Es wurden Lager errichtet, sie zu vernichten. Und in Baracken
hielt man die Leute gepfercht, nachdem man sie gefangen hatte.
Sie wurden regelrecht zum Tod geführt, vergast in Duschanlagen,
in Krematorienöfen geschoben, verbrannt.

Und immer mächtiger wurde der Mann. In seinem Wahn, die
Menschheit zu verbessern, daß nur erlesenes Geblüt die Welt
rundum bevölkere, ließ er an Kranken, Schwachen und an
Gebrechlichen Experimente üben, bevor er diese dann, wie die
Geächteten, töten, verbrennen ließ.

Des weiteren entstanden Zeugungsstätten. Dort wurden Frauen
reiner Rasseart mit Männern ebensolcher gepaart, zum Zwecke,
Herrenmenschen, dies war der Sinn des Unternehmens, zu züch-
ten.

Ein Mädchen beispielsweise, das Aug' und Ohr nur für den
Führer hatte, ihm Treue zu beweisen, ging in ein solches Haus,
verbrachte dort ein Stündchen der fruchtbaren Zeit mit einem
Mann, den es vorher noch nie gesehen hatte. Und wenn sie

dadurch schwanger wurde, war wohl des Kindleins Leben im Eigentlichen als ein Geschenk dem Führer zugedacht.

Der Wahnsinn gipfelte in der Idee des Herrschers, die ganze Welt sich untertan zu machen. Er sprach von einem Reich, das tausend Jahre währen würde, wenn alle tapfer, kampfbereit dem Feind entgegenträten, den es so lange gar nicht gegeben hatte, bis sich der Führer, vielmehr seine Mannen verkleideten zu Feinden, sich selbst den Krieg ansagten. Und laut verkündete der Führer durch Rundfunkapparate:

"Ab heute wird zurückgeschlagen!"

Sie machten sich mobil. Mit jedem Volk der Erde kämpfte die Rasse der Germanen, bis alles kurz und klein geschlagen war.

In Trümmern dieses Land. Es wurde zweigeteilt in Ost und West, von seinen Siegern besetzt.

- Und noch bis in das vierte und fünfte Glied hatte das Völkchen der Germanen daran zu tragen, daß es den Ideologien eines von Macht Besessenen hörig gewesen war.

Die Himmelskönigin

Im Himmel wurde einst beschlossen, den Menschen wieder Glück und Liebe beizubringen, denn es sah übel aus unter den Menschen. So wählten sie aus ihrer Mitte die Seele einer Königin, um für die Dauer eines Lebens auf Erden Liebe zu verbreiten.

Sie ward geboren so wie andre Kinder auch und wuchs heran zu einer schönen Frau. Sie hieß Genea. Genea war von zarter Sinnlichkeit, und auch ihr Wesen war in Sanftmut rein, daß alle Menschen, die sie trafen, mit sich und ihrer Umwelt einig wurden. Und wer sie einst gesehen, dem waren Schlechtigkeit und Zank und Streit genommen.

Es lebte auch zu jener Zeit ein Mann auf dieser Erde, mit Ernst und Klugheit ausgestattet, und viele Freunde hatte er, die ehrten ihn und taten das, was er für richtig hielt. Nun, eines Tages trat Genea in des Mannes Leben und hörte, was er sprach und welche Worte er zu welchem Sinn verwandte, und wie der Ausdruck des Gesichts ihn wiedergab. Da glaubte sie sich selbst gefunden, so ähnlich war er ihr. Und staunend sahen sie einander an, und ein Gefühl war da, sich schon von einst zu kennen.

Sie gaben sich die Hände und später einen Kuß - so wie ihn Kinder geben -, und wie von Himmelsmacht getragen, wurden sie eins.

Nun war es aber so, daß sich der Mann gebunden sah an eine Frau, und er ging fort mit ihr in eine ferne Stadt. Doch bald schon schien sein Leben unerträglich, und er vergrub in Arbeit sich und Amtsgeschäften, und insgeheim so manche Nacht verbrachte er im Geiste mit Genea.

Genea hatte aufgehört, die Liebe zu verbreiten, und lebte einsam und zurückgezogen und fern des Raumes und der Zeit. Die Arbeit, die sie machen mußte, tat sie noch, jedoch kein Strahlen ging mehr von ihr aus, und niemand hätte je geglaubt, daß sie dereinst zu diesem Zweck auf Erden kam. Und eine schwere Krankheit wurde ihr gegeben, ihr Leben zu beenden.

Da kam im Fiebertraum der Mann zu ihr und bat sie um Vergebung, sein Leben nicht mit ihr gelebt zu haben, und in dem Fieber liebten sie einander.

Am andern Tage fiel ein Stift vom Himmel, Genea in den Schoß, und sie schrieb auf, was sie von Liebe wußte ...

- Und in den Sphären der Unendlichkeit berühren sich zwei Seelen, und neue Götter spinnen neue Arten, den Menschen Liebe beizubringen.